SHANGHAI LITERATURE & ART PUBLISHING GROUP

故事会
精品系列

外国悬念故事

上海锦绣文章出版社
上海故事会文化传媒有限公司

上海文艺出版（集团）有限公司

图书在版编目(CIP)数据

外国悬念故事 《故事会》编辑部编 – 上海：上海锦绣文章出版社
（故事会精品系列） ISBN 978-7-5321-2478-7

Ⅰ．①外…Ⅱ．①故…Ⅲ．①故事 作品集 中国 当代 Ⅳ．I247.8

中国版本图书馆 CIP 数据核字 (2002) 第 100424 号

丛 书 名：故事会精品系列

书 名：外国悬念故事

主 编：何承伟

编 委：何承伟 吴 伦 姚自豪 夏一鸣

责任编辑：刘迎曦 鲍 放

装帧设计：王 伟

责任督印：张 凯

出 版： 上海锦绣文章出版社

上海故事会文化传媒有限公司

POD 海外发行： 中国图书进出口上海公司

电话：021-36357888

传真：021-36357896

地址：上海市虹口区广中路 88 号

邮编：200083

目　　录

机智过人

如此情爱

历尽惊险

光怪陆离

荒诞滑稽

机 智 过 人

一个能思想的人，才真是一个力量无边的人。

探长揭秘

上海外国语大学一位攻读俄语专业的博士生,特向大家推荐下面这则故事,她是根据俄罗斯《警察》杂志上一篇小说《遗孀的案子》改编的。作品情节构思有它的独到之处。

彼得堡有一家著名的保险公司,叫"火蜥蜴",专门从事客户的意外伤害保险,多年来工作运转一直都很正常。

可是,谁也没有料到,最近却接二连三地出现了几起奇怪的意外伤害事件,使该公司蒙受惨重损失。

首先是经营珠宝店的保尔在一次下火车时摔倒,胳膊严重摔伤,弯曲变形。医生认为这种伤残是无法康复的,于是火蜥蜴保险公司便按照完全残疾的标准,付给保尔4万卢布保险金。

　　紧接着,开小铺的米沙又意外跌倒,其受伤情况与保尔极为相似,火蜥蜴保险公司只好又按照完全残疾的标准,根据米沙当初的投保金额,付给他3万卢布的保险金。

　　可令人惊奇的是,被医生认定无法康复的这两位当事人,当他们得到一大笔保险金之后,却奇迹般地康复了。

　　医生们得到消息,惊得目瞪口呆,怎么想也想不出个所以然。而对火蜥蜴保险公司来说,付出去的保险金犹如泼出去的水,自然是不可能再收回来了。

　　这还不算,更大的麻烦又接踵而至。

　　警所助理阿辽沙在警段巡视时掉入打开的井口,他的右手和右腿受伤情况与前几例相同,他要求保险公司赔偿,根据他的投保额,保险金是20万卢布。

　　此事尚未了结,一个名叫施达尔克的商人又在站台上摔了一跤,他也投保了20万,医生反复查验,认为他的伤势确实很糟糕。

　　但是这回火蜥蜴保险公司吸取上两次的教训,没有立即支付这两个人的保险金,而是建议他们在公司医生的监督下治疗。

　　但保险公司的建议被这两个人拒绝了,他们跑到公司董事会大吵大闹,还拄着双拐来到大街上,前胸后背都贴着标语:"火蜥蜴"拒绝支付伤残保险金。

　　这一举动引起许多人的围观,连市长都惊动了,公司声誉受到了极大的影响。

　　问题究竟出在哪里呢?

　　万般无奈之下,公司请来了大侦探万尼亚,希望他能尽快揭开这个谜底。

　　万尼亚是一家侦探所的探长,他的侦探生涯充满了许多有趣的传奇故事,所以有当地"福尔摩斯"美称。

　　万尼亚在详细了解了有关情况之后,就断定这绝不是一般的伤害事件,而是精心安排、周密部署的犯罪活动。他决定从前两位当事人开始调查,因为这两人已获得了保险金,时过境迁,不会那么小心谨慎,容易打开突破口。

于是万尼亚便蓄起胡子,修整发型,穿上便服,来到开小铺的米沙那里。他装作很随便的样子,一边买东西,一边有意无意地与米沙闲聊。万尼亚发现,米沙的性格孤僻忧郁,而且多疑,看来一下子很难同他接近。

第二天,万尼亚又装扮成交易所的出纳稽查员,来到保尔的珠宝店,订做两只结婚戒指。保尔是个四十岁上下的人,好客善交,并且贪杯好赌,于是万尼亚便投其所好,跟他一起玩牌赌钱,两人很快成了"朋友"。

一次喝酒时,万尼亚随口说交易所为自己投了5000卢布的死亡和意外伤害保险,可以安心结婚了,不管出什么事,家人总算有了保障。万尼亚还给保尔看自己化名"沃尔卡夫"的保险单。

保尔果然上了钩,他滔滔不绝地劝说万尼亚最好在火蜥蜴投保,还夸口说:"老兄,我自己在那儿投保4万卢布,结果获得全额伤残保险金。当时我的胳膊受了伤,可现在你看,全好了!你也来试试?"

万尼亚立刻装出羡慕的样子,说:"为了这么多钱,哪怕就剩一只胳膊,也值。"

保尔声音立刻轻了下来:"老兄,再投一份保险,说不定你也会走运的。"

万尼亚不相信似的笑了:"你在开玩笑吧?"

保尔神秘地摇摇头:"玩笑不玩笑,试试就知道!"

显然,万尼亚对保尔的话发生了兴趣,几天后,他带来了火蜥蜴保险公司五万卢布的保险单。

保尔问他:"如果你得到五万卢布,会分给我多少?"

万尼亚耸了耸肩:"这完全由你决定。怎么样,够朋友吧?"

保尔注视着他的这位新朋友,发现万尼亚的眼睛里流露出来的,是对他的信任和一种对金钱急于获得的贪婪。

保尔点点头,说:"要想办成这件事,还得找一位太太帮忙,我需要付给这位太太一万卢布的手术费,而我作为中间人,收取5000卢布。当然,这是在你得到保险金后再付。"

保尔附着万尼亚的耳朵小声说:"你到基辅省的斯梅拉小镇去,找一个叫贝尔玛的理发匠,告诉他你有事找科里茨太太,理发匠是她的女婿。我告诉你,这个女人可是神通广大,连教授都没法跟她相比。别怕,她会把你照应好的。只是你千万要保守秘密,我可是把你当朋友告诉你的。"

万尼亚心里暗暗得意,可是表面上却不露声色,他暗暗告诫自己:事情才刚开了个头,可千万马虎不得。

不久,万尼亚来到斯梅拉小镇,通过贝尔玛理发匠终于找到了科里茨太太。这是一个45岁左右的女人,外貌姣好,性情温和,举止优雅。

万尼亚向科里茨太太提起保尔,她显得很吃惊,说不认识这个人。

万尼亚赶紧说,自己是保尔的好朋友,知道他保险的事,因为自己近来生意不景气,恳请她也帮帮自己。

出发之前,万尼亚预料到对方可能不会轻易相信自己,所以特地让保尔写了一个纸条,并留下手印。此刻,万尼亚不失时机地把保尔的纸条递了过去。

只见科里茨太太读完信叹了口气,说:"他不该这么急功近利,一件事还没办完,又来一件。唉,有什么办法呢,先在我们这儿住一阵子,等等看吧!"

不料一等就是好几个星期,科里茨太太对这件事始终一字不提。

万尼亚知道她还有顾忌,就越发装得可怜巴巴的样子,请她务必帮帮自己,并说事成之后,可以加倍酬谢。

终于有一天,科里茨太太对他说:"这么办,后天我们坐晚上7:30的火车去基辅,你在头等车厢订个包厢,到时候我会教你怎么做。"

这只狡猾的老狐狸!万尼亚心里暗暗骂了一句。不过表面上,他却装作欣喜不已的样子,小心翼翼地问道:"请问,那我们怎么再见面呢?"

科里茨太太根本不理会他的话,只是命令:"记住,给我的那部分钱,你后天必须先带着,上了火车就给我,到时候,我会到你包厢来的。"

科里茨太太说完,就走了。

看来,对方不是等闲之辈。万尼亚小心翼翼地把下一步每个细节都仔仔细细推敲了一遍,又悄悄与本地警察所长联系,请求他派两名精干的助手给予协助。

他告诉两个助手,让他们悄悄坐到自己预订的包厢隔壁,开车一刻钟后就到他的包厢来使劲敲门……

规定的时间到了,万尼亚准时去了车站,第一遍开车铃响后,走进了包厢。

果然,第二遍铃响时,科里茨太太也来了。

他们刚锁上门,第三遍铃响了,火车开动了。

万尼亚把装钱的信封交给科里茨太太,科里茨太太迅速接过,放进了手提包。

然后,科里茨太太对万尼亚说:"我现在给你做个'小手术',腿上还是胳膊上,你自己选。只是你待会下车后要故意摔一跤,让人家把你送到医院里去,并愿意为你做'摔伤证明'。事情就这么简单。好了,你准备吧!"

科里茨太太说完,就从提包里拿出个带蜡烛的灯座,一个装注射器的小盒子和一个装着不知什么药水的瓶子。

万尼亚心想:不对,这个老狐狸话只讲了一半,事情哪有这么简单?

于是他故意装作害怕的样子,大声叫嚷:"我害怕打针,从小就怕打针……"

科里茨太太笑了,这时她脸上露出了女人惯有的那种柔情,温和地说:"傻瓜,忍一忍就过去了。两天后,你的伤口会肿起大包,可那是给医生看的,而且你放心,再怎么检查,也只能是'无法治愈、完全残疾'的结论。而只要保险金一到手,你就每天用温水洗伤口,一天两次,一次15分钟,然后做轻微的按摩,两个月后就会完全康复。"

"你的话当真?"万尼亚经手过无数个案子,可如此作案,他还是头一回碰上。

这时,外面响起了敲门声,万尼亚知道,是当地警所的那两个助手配合他行动来了,于是跳过去,赶紧开了门。

看到进来两位警察,科里茨太太的脸一下白了:"你这条毒蛇!"她像泼妇一样骂街,撕扯自己的头发,往包厢壁上撞。

警察开始搜查包厢。

科里茨太太把自己从包里拿出的东西——蜡烛灯座、注射器,还有那瓶药水,都一古脑儿推到了万尼亚的铺位上。她一脸阴冷而又坚决否认说:"对不起,这不是我的东西,是这位先生——"她指指万尼亚,"硬要塞给我的。"

但是科里茨太太的耍赖难不倒能干的万尼亚。

调查持续了几个月,最后,万尼亚还是把科里茨太太,连同珠宝商保尔、小铺老板米沙以及警所助理阿辽沙、商人施达尔克送上了审判席。

原来,这确实是一个有预谋的诈骗案,科里茨太太死去的丈夫是个医生,但他比任何医生都更懂医学,他想出了用皮下注射特制药水的方法使肢体严重变形,就连教授也查不出病因。

后来,科里茨太太的丈夫得了肺结核,临死前他决定用这个办法让他的妻子和孩子们终身有生活保障。他告诫妻子,最安全的是用这种办法同唯利是图的投保人打交道。一个个扑朔迷离的案子由此而生!

一切都真相大白。探长万尼亚的名气更响了!

(刘肖岩 编译)

流行的皮包

　　星新一,日本当代著名小说家。他的小说常选犯罪题材,科学幻想和浪漫主义相结合,构思新奇,篇幅短小,寓意深刻,其结尾深受欧·亨利的影响,常常出人意料。该作是由其同名小说改编的。

　　下午五点半,正是上下班的高峰时刻,东京都地铁车站前的广场上人山人海,十分拥挤。

　　在火车站的一个角落里,有一个私家"行李临时寄存处"。寄存处的服务生是一个年轻的姑娘,她聪明勤快,从未出过差错,深得老板的信任和顾客的赞扬。

　　但是今天,她显然办了一件傻事:寄存处同时来了一个穿藏青色西装的顾客和一个穿茶色衣服的顾客,她收取了他们的寄存牌后,取出了两个完全相同的、最近在报纸和电视广告上大肆宣扬的那种流行皮包,她记不清它们的先后顺序了,便同时把它们放在柜台上,物见本主会说话,让他们自己去辨认吧。

糟糕的是,两个顾客比服务生小姐更为难,因为皮包不但式样一样,颜色也完全相同,又都是崭新的,没有半点伤痕油渍,要从外观上来区分它们,无论如何也办不到。

穿藏青色西服的男子微微皱起了眉头,他打算核实一下皮包里的东西,于是就下意识地想去打开自己面前那只皮包。

"慢!"突然,站在旁边的穿茶色衣服的男子惊慌失措地大声喊了起来,伸手挡住,气势汹汹地质问道:"喂,你怎么能肯定那只皮包就一定是你的呢?要是我的,你就不能看!"

穿藏青色西服的男子向他赔个笑脸,很不好意思地说:"其实,我也不愿意别人看我的皮包。"

于是,两人异口同声地问服务生小姐,会不会调错包。

小姐矢口否认,并愤愤地表示这个行李寄存处还从未出过任何差错,提醒他们要为自己的言行负责,以免影响寄存处声誉。但她又很同情这两个人,建议同时打开两个皮包,看看里边的东西,以确定归属。

但是,她的建议两人都没有接受。

原来,穿藏青色西服的男子,在皮包里装着走私进来的钻石和翡翠,他担心对方见财起意,说是他的东西,继而可能发生争吵,被警察发觉,偷鸡不着蚀把米,没收了宝石还要被抓起来!糟糕的还在于,按事先的规定,七点整他必须在附近的一家咖啡馆里跟人接头,以宝石换取现款,可他并不认识接头人,只知道老板叮嘱的时间、地点和接头暗语。

穿茶色衣服的男子也是心怀鬼胎,他的皮包里正塞满了大捆大捆的钞票,他担心对方会在这种时间和场合不顾一切地抢了就跑。而他正按老板的吩咐,要在预定的接头地点以这巨额钞票去换取宝石呢!所以他同样担心会被警察发觉,因而想竭力避免卷入浪费时间的争吵之中。当然,他也不认识接头人。

两人都不好明说,又都不让步。

穿藏青色西服的男子提议既不能看,便用手掂,以此来比较皮包的重量。但还是不能区分开来,两人便把皮包取下柜台,放在脚边,一人占着一个,吸着烟,绞尽脑汁地想起办法来。

恰就在这时候,一件意想不到的事情发生了:一个穿灰色衣服的男子和一个穿黑色衣服的男子同时慌慌张张地跑出车站,于是两人便撞了个满怀,手中的皮包"骨碌碌"地滚到了先前的两个皮包中去了。

四只皮包一模一样,现在就是神仙来,也无法把它们分开来了!

诸位,这四个人其实都是无所不为的歹徒。

穿灰色衣服的男子是个职业杀手,他受人之托把对方勒死后,剁下右手,和凶器一块装在皮包里,正准备拿着去领赏呢!要是在这大庭广众下打开皮包,人证物证俱获,他还能活命吗?

而那个穿黑色衣服的男子在皮包里藏着一枚定时炸弹,他受人委托要在天黑下来以后把它扔进某间房子的窗户里去。要命的是,定时装置已经启动,偏巧刚才掉落时又受到了震动,说不定定时装置已经失灵,马上大祸就要临头了,周围如此拥挤,跑也跑不脱啊!他满头满脸淌着冷汗,恐惧地看着其余三个人。

后来的两个人像先来的两个人一样,都把皮包一只只地提了提,希望用重量法来辨认,但也同样失败了。

那个穿黑色西服的男子还特意把每只皮包都放在耳边听了听——他想凭定时装置的响声来辨认,但却什么也没有听到。

现在,这四个男子——我们依次称呼他们为走私先生、现款先生、杀人先生和炸弹先生——都黔驴技穷啦,他们原来以为挑选流行皮包最容易藏匿，万万没有料到会陷入如此绝境。

现款先生突然灵机一动，提议由他收买其他三个皮包。但立刻就被否决了，因为大家各怀鬼胎呀！

寄存处的服务生小姐见状，开口道："先生们，请把你们的皮包向外移移，以免影响我们的工作。"

大家只好用脚尖拨拉着这些皮包，一点一点地向外移。

不料更大的麻烦又出现了，半道上居然又有一只完全相同的流行皮包被混淆进来了。

皮包里装着一支手枪！它的主人我们照例称他为手枪先生吧！他是有约在此等候同伴的，他也试图用重量法来区别自己的皮包，但也失败了，五只皮包完完全全地给混淆了！

事情看来更难办了。

僵局总是要打破的。

现款先生迫于无奈，叹口气，下定决心说道："我再也不愿意这么磨蹭下去了，能不能把皮包全打开，大家各自辨认，尽管这是我很不愿意的事。"

走私先生皱着眉头首先响应："看来，现在也只好如此了。"

然而杀人先生和炸弹先生却极力反对。

手枪先生犹豫了一下，也不同意打开皮包查验。

现款先生气愤地说："那么，你们打算怎么办，难道大家伙儿就这样永远地傻呆下去吗？"

"嗨，索性全都扔到河里去！"杀人先生为了销毁罪证，提出了最有利于自己的建议，因为他已经不指望带着那只断手和凶器去领赏了。

但现款先生和走私先生坚决反对，他们寻思：尽管已错过了约会时间，完不成任务，但也不能赔本呀，不然回去后无法向老板交待。

手枪先生开始怀疑这先前的四个人是不是预谋串通好了算

计自己：他们故意带来同自己一样的皮包，然后混淆起来，趁机换走自己的手枪包。这样的话，自己的计划肯定泄密了。他决定更加严密地防范这四个人，于是提议道："你们是否先给家里打个电话。"他推想这样可以拖延时间，等来自己的同伴。

这四个人相互看看，空气异常紧张，谁也无法拿着皮包独自逃走，而寄存处就有电话，大家也不用担心哪个人乘机溜掉，便同意了这个建议，分头打了电话。

奇怪的是，四个人打完电话后，情绪都平静下来，而且不约而同地关注起车站入口，这倒使手枪先生不免紧张起来，他又后悔刚才自己的提议了，真是愚蠢透顶！

正在这个时候，入口处走来一个穿条纹衣服、上了年纪的男子，他神情严峻，气度不凡。

出乎手枪先生的预料，四个打电话的先生立刻不约而同地叫了起来："老板，劳驾您亲自出马，实在对不起。东西全在包里，您带回去吧，我可走啦！"说罢，四个人撒腿就跑，顷刻间便无影无踪，比受惊的兔子跑得还快！

被称作老板的男子暗自笑了，自己从来做事谨慎，奉行的是不让手下喽啰互相认识的原则，看来是完全正确的。要是让现款先生和走私先生相识，他们一定会从中渔利；杀人先生杀了人，炸弹先生再毁坏现场，这两人要是相识，就会在一起胡侃乱吹而走漏风声。只是今日他们怎么同时着了魔，竟待在这里不行动呢？算啦，还是把这些皮包全部都拿回去再说吧。

他这样想着，便要弯腰去捡皮包。

"请等一下，"手枪先生说话了，"这里面有一只皮包是我的。"

老板这才发现，地上的皮包不是四个，而是五个。

就在他发愣犹豫的一刹那，手枪先生飞快地把他的双手反铐起来。他早就等着这个机会了，现在对手由四个人减少到了一个人,他能不行动吗?

老板十分纳闷,问道:"你是什么人?"

"我是侦探,老板!"手枪先生揶揄道,"老实说,我早就看出你们是一伙同谋,为了谋取我的一只皮包,竟出动了四个人来演街头闹剧,如此寒酸的犯罪活动,我还是第一次碰到呢!"

就这样,这位侦探歪打正着,等到了警察局,打开皮包,才知道自己无意间破获了一件特大的犯罪案件。

(马行健　改编)

美丽的陷阱

　　西村京太郎系日本当代三大推理小说作家之一。他的作品以逻辑严谨、情节曲折见长，善于写那种硬汉型的侦探。《美丽的陷阱》是根据他的中篇推理小说《陷阱，悄悄设在夜间》改写的，故事跌宕起伏，悬念迭起，有较强的可读性。

　　年已65岁的百万富翁木村德太郎娶了个29岁如花似玉的女郎京子为妻。尽管婚后老夫少妻关系融洽，可是木村总怀疑年轻妻子对自己不忠。

　　一天，他请私人侦探冈部对妻子是否有外遇进行跟踪调查。冈部经过五天秘密跟踪调查证实，京子没有任何越轨的举动。谁知老头仍不相信，要求冈部再去调查。作为自己的职业，冈部当然不好拒绝。在调查中，冈部觉得京子确实是个姿色出众的美人，难怪老头不放心。可是事实终究是事实，冈部又跟踪了五天，证实京子的确是一位忠贞的女性，于是他把调查报告交给木村。

木村对冈部的结论仍持怀疑态度，并固执地坚持请冈部"再辛苦一次"。

冈部已经厌倦了，表示不想再干这种没意义的调查。木村老头说："我只有获得我妻子确实贞节的证据，才能放心。"那么怎样才能算获得证据呢？木村提出请冈部写一封敲诈信给妻子，接着，掏出一张纸递给冈部，只见上面写着：我知道你和某男相好，也有证据。要想让我对你丈夫保持沉默的话，须于×日×时，到××地交款二十万元。

冈部感到干这种无中生有的事实在荒唐，不过他犹豫了一会，还是答应了。他向酒吧女招待要了信笺和信封，当着木村的面写好了信，时间填的是当月十日下午两点，地点是新宿第一百货公司的楼顶游乐场。

约定的日期到了，冈部提前半小时赶到了约会地点。等到游乐场的钟响了两下，冈部没发现京子，五分钟过去了，依然没有。

到了两点过十分钟时，冈部一抬头，见京子出现在楼梯口，冈部愣住了，对自己前段调查结论的自信顿时彻底崩溃了。

京子右手提着一个手提包，在一个鸟笼前站住，不安地向四周望着。

此刻，冈部只要回去如实地向木村报告，就可证明京子贞洁与否，就可从木村那里得到一万元赏金。他正要离开，突然想到京子的手提包里有比赏金多二十倍的金钱，只要他走过去一张口，二十万元马上就能到手。

冈部犹豫了一阵，走过去问道："是木村京子小姐吧？""是的,您就是写信的那位……"京子小声说道。"不错,约定的东西带来了吗?"京子点点头。"交给我吧!"

木村京子默默地打开手提包,从中拿出一个纸袋,递给冈部,冈部看了一眼,迅速地塞进兜里。

冈部当晚对木村撒谎说:"夫人没有去。"老头终于满意地点了点头,并向冈部支付了报酬,各自分手了。

冈部想到自己已经掌握了京子的秘密,就可以接二连三地向她诈钱,心中不免感到快慰。但当他想到一个老头和另一个还不知道其身份的男人,都能享受到京子如此娇美的女性时,心中不由升起了一股欲火,他决定要把这个美人揽入自己的怀中。

三天之后,冈部给京子打了个电话,约她在日比容公园见面。

为了提防京子报警,冈部提前到达公园后躲在假山后面的树林里。他见京子来了,在确认没什么异常情况后才走近京子,笑着说:"您还是来了。""把我叫来的,不就是你吗?"京子问道。

"边走边谈吧!"冈部说着,便沿着公园的小径慢慢踱着,京子默默地与他并肩走了一段路,转过身问:"你想要什么?"

冈部特意加重语气道:"我虽然想要钱,然而比这更重要的,我还想要你。""要我?""事到如今,也不必再跟那位老头子讲什么情义了,我已经把他瞒哄过去了。"

京子想了想,忽然笑了起来。

冈部问:"您觉得滑稽吗?"京子语气中带着某种嘲弄,说:"你刚才说的话,似乎与看过的某部电影里的道白相似,最终……"

冈部一听,脸一板,威胁说:"请你不要忘记,你的秘密掌握在我的手心里。我如果跟你丈夫说了,你就一定会回到原来的二流公寓里去的。"京子痛快地承认道:"这倒也是的,我的命运当然在你的掌握之中。"

冈部说："你丈夫拥有的那一大笔财产，一定会成为你的财产。可是你若惹我生了气，那这一切就会成为泡影。""是这样的。"京子说，"我只是希望能避免这种厄运。"

听京子这么说，冈部觉得时机已成熟，就直截了当地说："那就痛快地说罢，我们那事儿在什么地方合适？是你带我去你喜欢的地方，还是我带你到我的住处？旅馆也能凑合吧？"

"你真是个性急的家伙。"京子笑嘻嘻地说，那模样和神态，一点也不像受到恐吓的样子，更不像是一个受害者，"我看与其到旅馆，还不如到你的住处好一些，因为在你那里，碰不到熟人。"

冈部马上叫了出租车，到了自己的住处，终于他如愿以偿地把京子这个美人揽入自己的怀中。

两人分手时讲好，下次约会用电话联系。京子说："请你记住，如果是我的女管家接电话，你就要巧妙地掩饰一下。""怎么掩饰？"京子说："那女管家是受我丈夫之托来监视我的，她常常跟在我身边，凡是打给我的电话，她都一字不漏地报告给那个老头子。""那么，怎么做才好呢？"

京子说："如果是她喊我接电话，就会注意听我们的谈话。你就以打给我丈夫的口气说，就说让我丈夫什么时间到什么地方去会面就行了，到时候，我自然就去了。""明白了。"

京子穿好衣服，整好头发，对冈部意味深长地一笑，打开门走了出去。冈部看着她那迷人的身影渐渐远去，设想着下一次如何会面。

三天以后，冈部给京子挂电话，果然是女管家来接电话。冈部声称要找木村德太郎先生，女管家说主人还在公司，尚未回家。

冈部说："那就让他太太来接电话吧！"

不一会儿，京子来接电话了。冈部按约定的办法说："请您向先生转告,今天晚上九点,在井头公园见面。"京子甜甜地答道:"明白了,一定转告。"

夜幕降临了,冈部驾着刚买的丰田小轿车风驰电掣般地向井头公园驶去。他觉得京子好像已钟情于自己,她是绝色美人,又将是几千万财产的继承人,将来老头子死了,如能同她结婚,自己将人财双收……冈部越想越美,完全沉醉在对美好未来的憧憬中。

夜里,井头公园空荡荡的,渺无人迹,寒气袭人,冈部裹紧了身上的大衣,耐心地等待着京子的到来。

时间比约定的时间过去了半小时,冈部香烟抽了一支又一支,还不见京子的人影,他开始焦躁不安了。

一个小时过去了,还不见京子到来,冈部冻得发抖,只好回到车子里。又等了半个小时,还是不见京子的影儿。

冈部耐不住了,就到一个电话亭里给京子打电话。接电话还是女管家,她说:"太太已经睡了。"

"有急事,请她起来!"冈部对着话筒怒吼着。

等了很长时间,才传来京子的声音:"喂……""怎么搞的,为什么不来?"有什么事情呀?"京子那种糊涂又认真的口气,简直把冈部的肚子都要气炸了。

"你忘了今晚九点在井头公园会面的约会了吗?""哦,是那事呀,我已经向先生转达了,怎么……""你说什么?""我说已经转告给先生了……""看来你的那些事,已经不怕我向你丈夫揭露了,对吗?""什么事? 我不明白。我觉得您是不是已经没有什么可说了吧。时间太晚了,失陪了。"京子"啪"把电话挂断了。

冈部愣了好一会儿,才百思不得其解地放下电话,懊丧地出了电话亭。

第二天清晨,冈部正要去侦探社上班,突然闯进来两个警察,把一张逮捕证递给了他,说:"我们以杀人嫌疑逮捕你。"

冈部笑道:"杀人?我究竟杀了什么人?""木村德太郎!你干得可真利索啊!""胡说!""是不是胡说,请跟我们走一趟就明白了!"

警察把冈部带到警察署审讯室,警察开始审问:"你认识木村德太郎吧?""认识又怎么了?"冈部没好气地回答。

警察继续问:"昨天夜里,是你把他从家中叫出来的,又是你在井头公园把他杀死的吧?"

冈部说:"木村先生真的被人杀害了吗?""你不要装糊涂!""我并非装糊涂,如果硬说是我杀死了木村先生的话,那么请问证据何在?"

警察冷笑道:"证据当然是有的,"他慢慢拿出一个打火机,说,"看看,这是你的吧,它是在木村德太郎的尸体旁捡到的。"

冈部一看,这的确是自己的打火机,上面刻有自己的名字。但这打火机什么时候丢的,而且竟会落到木村的尸体旁边,他百思不得其解。

警察见他愣着,就指出,管公寓的人证明他在八点以前驾车出去,被害人的妻子也有证词。

冈部惊得瞪大眼睛:"京子的证词?"警察说:"不错,是她提供了你用电话把她丈夫叫往井头公园的证词,她的女管家也证实了这一点。因此,你否定不了杀人的罪行!"

冈部只得承认说:"我确实到井头公园去过,那是为了同木村太太会面,那个电话也是为了把木村京子叫出来。""你既然是叫京子出来,可为什么却把电话打给她的丈夫?"

冈部终于意识到自己已落入了京子设置的陷阱,那个打火机肯定是她在自己住处偷走的。这么一想,冈部大叫起来:"这个坏女人!是木村京子杀的人,不是我!"

警察冷冷地说:"你想推脱责任,光靠嘴巴是不行的!""我不是推脱责任。人,一定是木村京子杀的,她为了早日取得木村德太郎先生的财产才这样干的。因为那女人有情夫,要是被木村知道了,她就得不到财产了,因此她就先把木村先生杀了。"

"你的大脑该不会有什么毛病吧?"警察冷笑道,"你难道忘了关于京子是个贞洁忠诚的妻子的报告不正是你写的吗?"

事情到了这一步,冈部只得把写恐吓信及京子收到恐吓信后的反应和盘托出。

警察说:"京子说过她收到恐吓信的事,信中所提之事她从来就没有,因此,她根本就没有到过约会地点。"

冈部又大叫道:"京子撒谎,她不但到过约会地点,而且还付给我二十万元。""有证据吗?"

冈部无言以对,因为他交给木村德太郎的报告中写的也是京子没有来。

"怎么样?"警察嘲弄地问。

冈部已乱了方寸,只是喃喃地说:"反正,我没有杀人动机……""你当然有杀人动机,是为了女人!为了木村京子!""为了木村京子?""是的,这里有她写的证词。本月十三日,你叫她到日比容公园去,要求她同那老头子分手,和你结合,被她拒绝……"

"不对!"冈部叫道。

警察继续推理道:"你被京子拒绝后,认为只要老头子不死,木村京子就不会被你所占有,那万贯家财也就得不到……"

"事情完全不像那女人说的那样,她已经委身于我了,所谓拒绝完全是一派谎言!""为什么木村京子要满足你的要求?""因为我知道她与她野男人的事,为了堵住我的口,就和我发生了关系。""不是你亲自对京子的品行进行了调查,并且还写了她除了木村德太郎外别无男人的报告吗?""尽管这样,她还是真有。拜托你们无论如何好好调查一下,那野男人的事搞清楚了,杀人案也就水落石出了。"

两个警察只得默认了冈部的要求。

三天后的早晨，冈部又被带进了审讯室。警察说："调查清楚了。"听警察说"调查清楚"，冈部以为警察一定调查到了京子有情夫的事。她有情夫，就说明她有杀人动机，这样他冈部就可得救了。

谁知警察告诉他，经调查证实，木村京子没有情夫，完全是一个贞洁忠诚的女子！

此刻，恐怖和绝望笼罩了冈部的心，所有的道路都被他自己堵死。他终于完全明白：自己从一开始就落入了木村京子的陷阱；京子一开始就知道那封恐吓信是一个骗局，是丈夫玩的把戏；因此也知道自己是受她丈夫之托。所以，她明明没有别的男人，却又装出有的样子。结果真正受骗的不是木村京子，而是自己。至于领受那二十万元，把京子叫到公寓并与之发生关系，以及第三次约会，完全是自己做的蠢事，都被这女人利用了。

这下冈部彻底完了，就是跳进河里也洗不清，纵使浑身是嘴，也辩不明白了，他一下瘫倒在地。

（学　知　改写）

如 此 情 爱

谁只要以为爱情可以忘却,忠诚可以践踏,那谁就该下地狱。

丈夫的赌注

　　阿尔弗莱德·希区柯克，是当代第一个深入探讨人类心灵世界的美国电影艺术家。他对人类最隐秘的心灵世界的揭示是前无古人的，堪称"电影界的弗洛伊德"。他所拍摄的《蝴蝶梦》、《爱德华大夫》、《电话谋杀案》、《鸟》等影片均深受中国观众的喜爱。《丈夫的赌注》根据他导演的同名作品改编。

　　罗伯特是一个商人，十年前，第一位妻子去世后，他就独自抚养着两个儿子，一直到和莉莎结婚。而他和莉莎的相遇，极具戏剧味道。

　　那天在下雨，罗伯特下班后开着车经过一座桥时，看见一个姑娘，正在爬越桥栏，准备跳河自杀。罗伯特赶紧停了车，扑上去拦住了她。

那姑娘叫莉莎,二十四岁,因为厌倦人生,想一死了之。罗伯特告诉她,自己是个寂寞的男人,希望能和她一起生活。他费尽口舌,终于打消了莉莎自杀的念头,他的爱,给了莉莎温暖和安全感,于是他们就结婚了。那年,罗伯特四十四岁,比莉莎大二十岁。

他们在一起愉快地过了八年。最近几个月,莉莎看出丈夫工作上压力很大,他的生意做得不很顺利,时常担心自己会破产。为了让丈夫轻松一点,莉莎提议外出度假,尽管生意上的事很忙,但罗伯特还是高兴地听从了。

这天下午一点钟,罗伯特夫妇从机场乘出租车来到这家汽车旅馆。

这家旅馆外观豪华、气派,还有一个巨大的游泳池。

莉莎开朗活泼,和她在一起,罗伯特就会忘记生意上的烦恼。此刻,他们正手拉着手说说笑笑地离开房间,朝游泳池走去……

就在这时,旅馆3楼的阳台上,出现了一位金发男子,他看见莉莎,惊喜地喊道:"莉莎,亲爱的!"接着就纵身一跃,直接从房间的阳台上跳进了游泳池……

不一会儿,那个男人从游泳池里爬了上来,浑身水淋淋的。他全身的肌肉很结实,皮肤晒得黑黝黝的,一头金色长发,一眼看去,像是古代北欧的海盗。"海盗"向莉莎走来,一把抓住莉莎的手臂,亲热地嚷着:"莉莎,亲爱的,我一看见你,马上就认出来了。"说话间,那人不住地打量着罗伯特。

莉莎的神色显得有点尴尬,忙指着罗伯特介绍道:"这是我丈夫罗伯特。"她又强调说,"我不记得你的名字了。"

金发男人叉开双腿站在那儿,两手搭在臀部上,有点玩世不恭的样子:"你忘记我的名字,那是很自然的,十年前在佛罗里达……你那时认识很多人。我叫莱尼，我们好久不见了……"

莱尼的眼睛直勾勾地盯着莉莎，咧着薄薄的嘴唇，微笑着说："记得吗？莉莎，我总是喜欢跳水……"他得意地指着阳台说，"我住在3楼15号房间，早晨起来，我就会像鸟儿一样从上面跳下来，从不走楼梯。"

莱尼向罗伯特要了一支烟，漫不经心地点上，畅快地吸了几口，弹了弹烟灰，他告诉莉莎说，今天晚上他要在自己的房间里举行一个舞会，参加的人有些是本地人，有些是旅客，因为出门在外都睡得晚，舞会十二点开始。莱尼热情地邀请罗伯特夫妇前来参加，莉莎婉言推却，而罗伯特则一口答应。

当莱尼离开后，莉莎红着脸说："他看我的那个样子……"

罗伯特显得很沉着："他错了，他看到的是过去。"罗伯特刻骨铭心般地爱着莉莎，从八年前的那个雨夜里救下了她的那一刻起，罗伯特就对她充满了信心，尽管当时他就揣测莉莎是个风尘女子，但他甚至连问都没有问一声。刚才，莱尼那讽刺的语调让他心中刺痛，在他看来，离开这儿就是败退，他要下一个赌注：他挚爱着的女人是忠于他的！

吃过晚饭后，罗伯特和莉莎散了一会儿步，然后回到房中。两人都有点累了，莱尼的舞会要十二点开始，莉莎提议先睡一会儿。

罗伯特便倒在床上休息，起先他听见莉莎在房中走动，然后听见她沐浴的水声，以后又听见她从浴室出来，坐在梳妆台前梳头。

罗伯特渐渐地睡着了，不知过了多少时候，他醒了，只见房内一片漆黑，只有空调的"嗡嗡"声，屋里只有他一个人，不见莉莎的影儿。此时，罗伯特感觉到自己的心在怦怦乱跳，他感到非常痛苦，心头隐隐地生出了一种被人击败了的感觉。

正在此刻，罗伯特听到了钥匙开门的声音，心头的不快，使他一反常态，闭起眼睛假装睡着。罗伯特感觉到莉莎蹑手蹑脚地走了进来，他觉得床动了一下，然后听到了她急促的呼吸声，看那光景，像是莉莎在察看他有没有睡着。在黑暗的房间中，他觉得自己全身无力，就在这时，罗伯特被莉莎摇"醒"了。

这时是晚上十一点四十五分。

灯亮了，灯光之下，莉莎身上穿着一件亮丽的白色礼服，头发梳得非常漂亮，脖子又白又嫩，嘴唇红扑扑的，她笑吟吟地说："走吧，我们要去参加舞会了。"

他们到那里时，舞会已经开始了。莱尼迎上前来，笑眯眯的，罗伯特可以从这笑中看出他不怀好意。房间里有十多个人，穿什么的都有，罗伯特看到，舞会上有些女人很可爱，但没有一位比他妻子更可爱的，他心中突然涌起一种说不清的悲哀。

客人们随着音乐翩翩起舞，莱尼请所有的女人跳舞，最后他和莉莎跳，他竟然把莉莎抱得很紧很紧，还不停地在她耳边低声说着什么。

到了凌晨三点，客人大多有了醉意。罗伯特心情沉重地坐着，看莉莎和莱尼跳舞。莱尼在说着什么，莉莎不住地点着头，这一切全被罗伯特看到了，紧接着，莉莎便很快地离开了莱尼，匆匆回到罗伯特身边，她的脸色显得非常苍白，说话声显得极不自然："我要回房间一下，我要去拿一样东西，我要去补妆……"罗伯特不动声色地说："好，好。"

就在莉莎离开房间的片刻之后，莱尼突然装出一副喝醉了酒的样子，跌跌撞撞地站到了房间中央，高声叫道："再见吧，残酷的世界！"说完，他越过阳台栏杆，准备跳水……

莱尼历来喜欢跳水，到了这旅馆后，每天早晨，他从不走楼梯，都是从这里跳到下面的游泳池里的，所以，他现在从这里往下跳，没有谁会感到惊奇的！

罗伯特清楚地看到，莱尼的脸上有一种嘲弄的神情，现在一切都明白了：莉莎先走一步，现在莱尼以跳水为幌子，偷偷过去和早已等在什么地方的莉莎幽会。罗伯特在心里对自己说：你是个英雄,还是一个傻瓜?你已经五十二岁了,居然把如花似玉的年轻妻子,送到一个如狼似虎的年轻男人面前!罗伯特下的赌注彻底输了……

莱尼摆出了一个极为潇洒的跳水姿势……

众人围着他看,在女人们尖利的惊叫声中,莱尼纵身跳下了阳台……

十几秒钟,或许仅仅是几秒钟,总之是片刻之后,从下面游泳池那儿,传来了一个女人的尖叫声,那叫声惊破了寂静的夜空,于是,四处的灯光全都亮了起来。人们惊异地看到:游泳池里几乎没有水了,莱尼从这么高的地方跳下来,这不是自己找死吗?

男人们从四面八方跑来,七手八脚地把莱尼从游泳池里拉起来,把他平放在地上,等着救护车。莱尼双臂折断,头破血流,他还活着,可他那张脸再也不会像以前那样英俊了。一旁有人说:他还算幸运,深水区里还有三尺深的水,如果没有这三尺水,他就完了!

一会儿警车响着警笛赶到,警察开始调查事故原因,结果发现,不知是谁开玩笑,把游泳池两边的排水盖全打开了,因此,池子里的水差不多全漏光了。旅馆经理大惑不解,直挠头皮:"这一定是早些时候打开的,从水平线漏到这个程度,那要经过好几个小时。"

罗伯特心想:经过好几个小时?那大约是晚饭后他睡着的时候,也就是莉莎独自出去的时候。想到这里,他悄悄走进房间,室内亮着一盏小灯,借着朦胧的灯光,他可以看见可爱的妻子正在熟睡,也许是幻觉,他看到莉莎的嘴角居然有一抹淡淡的微笑……

(钟　丽　改编)

乐极生悲

　　故事根据曾获美国喜剧界终身成就奖的著名喜剧导演卡尔·赖纳所导演的电影《枕边不细语》改编。编剧为玛斯·戈德赫斯。剧作者虽不甚有名，但该剧本人物关系及所用巧合手法颇合我国群众欣赏习惯，故事从家庭生活出发，揭示了夫妻间相处的道理和对待事物的态度。

　　新婚不久的哈里医生近来正集中精力，和父亲、母亲以及哥哥合作写一篇医学论文，倒把年轻的妻子琼妮冷落一边了。

　　处在新婚阶段的琼妮，多么渴望丈夫给她抚爱呀，可偏偏得不到丈夫的关怀，觉得浑身不舒服，有时竟莫名其妙地大光其火。

琼妮有个妹妹，叫珍妮，因为父母双亡，珍妮就跟着姐姐一起生活。珍妮是位热情奔放又聪明机灵的少女。她见姐姐烦躁不安，猜到了几分，于是就直截了当地说："姐，是姐夫冷落了你？干发火有什么用呀？你不会出去自寻欢乐去？"

琼妮一听，惊得睁大了眼睛，望着妹妹，嘴里喃喃道："不，不行，我是哈里的妻子，我不能……"

妹妹说："哎呀！我的姐姐啊，你真古板，人在世上，就要活得舒畅、快活，干吗要钻在烦恼圈里？听我的，胆子大一些，你到早茶室、咖啡屋或者什么酒吧，准有单身男子待着，你挑个中意的，主动与他聊天。不信？去试试。"接着她还教琼妮如何与单身男子搭讪的行动与要领。

琼妮被珍妮说动了，真的悉心打扮一番后到咖啡屋去试了。她走进咖啡屋，里面果然有不少单身男子，她走到一位单身男子的小桌边，柔声问道："先生，请问这儿有人吗？"那位先生见是一位年轻美貌的女子，连忙高兴地说："没人，没人。""我坐这儿不妨碍您吧？""哪里，哪里！欢迎，欢迎！您请坐！"琼妮就在男子对面坐下，向侍者要了一杯咖啡，慢慢地喝着。

当琼妮一抬眼，就见那男子双眼正死死盯着她。她的心不由"怦怦"猛跳了，红着脸问道："先生，您一个人吗？""是的，我一个人，您呢？""我也是。""见到您这样美丽动人的女士，我感到荣幸！""是吗，先生，今天有机会见到您，我也很高兴。先生，您是到这里来工作的吧？""嗯，不！我就在这里工作，不过也常去外地，我家就住在这楼上，但是这不能算家，因为我还没娶太太。要不，去认识一下，我俩交个朋友。"

见那男子主动发出邀请，琼妮的心"突突"乱跳，脸热辣辣地发烫，但她还是极其高兴地接受了邀请，立即随着那男子朝他家——喜尔新大厦404室走去。琼妮边走边对那男子说："真荣幸，今天碰到您这位热情好客的朋友，今后，有机会我再来看您，不过,先生,我俩可谁也别问谁叫什么名字,就那么交往,您说好吗?"

"唔,好,好,这样更有意思。"说着说着,他俩已进入房间。

房间很宽敞,朝东南方向有三扇大窗,阳光照满房间,房里暖洋洋的。琼妮进屋只觉浑身一热,说声:"屋里真热。"借机脱下了外衣,身上只穿着袒胸露背的马夹裙。她往沙发上一坐,那神态好像在自己丈夫面前一样。

那男子见琼妮浑身充满魅力,哪里还能抑制冲动,一把抱起她放在床上,嘴里喃喃说道:"对,有些热。我已买好了百叶帘了,马上要安装了,马上要安装了。"琼妮嘴里说着:"别这样,别这样。"却顺从地听任他的摆布……

琼妮在得到极度满足以后,甜甜地睡去,等她一觉醒来,已是中午了。她一面披衣下床,一面对那位男子说:"太感谢你了,我永远也不会忘记!"她见他没有回答,又用手推了推他,说,"嗨,我要走啦。"男子仍不搭理,琼妮俯身弯腰想去吻醒他,手指刚碰着他的脑袋,就吓得跳了起来,她壮着胆子试了试他的鼻息,没气了!

这下琼妮吓呆了,她万万没料到这位先生竟突然死了!她连声自语:"天哪!我害死了他,我害死了他!"

琼妮在房间里慌作一团,过了好一会,心才平静一些。她想去报警,又怕由此把自己暴露了,日后还有啥脸见人?思考再三,觉得只有马上离开这块是非之地。主意一定,琼妮就匆匆整了整衣服,背起小包,一拉房门,慌慌张张跨出门去。

当她出了门,没走几步,脚下被什么东西绊了个趔趄,跌倒在地,肩上小包飞了,小包里的东西也撒了出去。

绊倒琼妮的是三扇百叶帘。原来是推销员在寻找买了百叶帘、正等待安装的404房间,他把百叶帘横在过道里,琼妮只顾朝前走,没看脚下,被绊倒了。

　　推销百叶帘的是位青年,叫多来斯,他见自己的东西绊倒了人,连忙过来,一面道歉,一面扶起琼妮,又帮她捡起小包,和抛落出的东西。琼妮只想赶快离开,连连说着:"没事,没事。"接过小包,就匆匆下楼而去。

　　多来斯找到了要去的404房间,他只用手指碰了一下,门就开了。他嘴里说着:"噢,先生,您把门开着呀?"就返身搬来放在过道里的百叶帘。当他搬动百叶帘时发现地上有只钱包。他知道是那位女士的,而且他认为这女士一定是404的女主人,所以捡起后就拿进房间,把它放在桌上。他见男主人安稳地躺着,又自说自话道:"先生,您太太的钱包掉在这里了,现在放这儿了。我替您装百叶帘了,反正一扇窗装一个,我一个人干得了,不需要您帮忙,您尽管做您的欢乐梦吧。"接着,多来斯就熟练地安装起来。

　　可是当多来斯安装到第三道百叶帘时,一不小心,那搁好的一端突然滑落,百叶帘从斜刺里滑下来,"啪"正好砸在查尔先生的头上。多来斯当然不知道查尔早已魂归天国,还以为是自己失手将他砸死的,所以急得一下跌坐在沙发上。

　　多来斯六神无主地在沙发上坐了一会,一抬头,看到了那只钱包。一见钱包,他想:对,得赶快请他太太回来商量。于是,他打开钱包,见包里有个小记事本,本子上有一连串的电话号码。他也不管对否,找了扉页上的一个号码就拨了出去。

　　说来也巧,电话一打就通,听声音,接电话的正好是刚才摔跤的那位太太。

　　琼妮才回家十来分钟,惊魂还未定,电话突然一响,吓得她一下跳起来,拎起听筒,刚说声"哈啰",电话里就传来急促的声音,一听就听出是刚才在喜尔新大厦碰到的那个青年人。只听耳机里说:"查尔太太,我是百叶帘推销员,我在喜尔新404室,您快来,有天大的事。再有,您的钱包掉这儿呢!"

喜尔新 404 室是琼妮不想再去的地方,可是现在不得不去了,钱包在那里,那个男子死在那里,已有第三者发现了她,必须去取回钱包,必须去摆平事端。她答应,20 分钟后赶到。

琼妮胆战心惊地进入了喜尔新 404 房间。进入房间的琼妮和等在房里的多来斯都很紧张,两人只是你望着我,我看着你,双方都怕说出死人的事。约摸僵持了五六分钟,还是多来斯打破了沉寂,他把钱包递给琼妮,低着头说:"太太,您的钱包在这里。"他把声音压得更低地说,"真对不起,太太,您先生被我不小心砸死了。""什么?"听到这话,琼妮不由一阵惊喜,心里说:妙!自动来了只替罪羊,揽了砸死人的责任,我可有了退路了。

琼妮的一声"什么",把多来斯吓了一跳,他感到那太太马上就会大哭大闹,打他的耳光了,因此,他双眼眨也不眨地盯着琼妮。

琼妮一语双关地说:"年轻人,这不能怪你,你不是故意的,是吗?""对,对,我不是故意的,是安装百叶帘时不小心,百叶帘掉下来,砸在先生头上,先生就不动了。您看怎么办?要报警吗?"

琼妮当然不会赞成报警的,但她知道,现在不能让对方看出破绽。于是,她故作沉吟地说:"一报警,你不就完了?看在你闯了祸没有跑的份上,我……。"

琼妮想了想,说:"这样吧,我们来制造一个假象,说他是自杀身亡的,然后再向警方报告,你看好吗?"

多来斯见琼妮帮他解脱,当然很高兴。但他又问:"怎么才能让人相信他是自杀的呢?"

琼妮说:"我包里有不少药片,你把药片放进他的嘴里,我来赶写一份遗书,说他感到异常孤独,前途渺茫,故而与世告别。你敢不敢往他嘴里放药片?"多来斯忙说:"敢,敢。"

按照琼妮的吩咐,多来斯撬开了死者的嘴巴,把药片一片一片塞了进去。琼妮也完成了遗书,可是落款时,她为难了,因为她不知道死者的姓名。到这时,她不得不告诉多来斯,说她不是死者的妻子,而是新交的朋友。她让他帮忙找找死者的证件,弄清他的姓名。多来斯只求早些解脱,他也不管面前的女士同死者是什么关系,便东寻西找起来,最后在查尔的衬衣口袋里摸出了身份证。

琼妮一看身份证的姓名,顿时惊得目瞪口呆。原来死者不是别人,竟是她丈夫的胞兄。这时,她才想起丈夫曾经说过,他有一个从医的哥哥,叫查尔,经常在外地讲学,行医。因为哈里同琼妮结婚时,他哥哥正在东京参加一个病例的会诊,故而琼妮从未和他见过面。

琼妮怎么也想不到,自己寻欢作乐,竟然害死了亲大伯!她只得强自镇定一下情绪,有气无力地对多来斯说:"好了,没其他事了,我该走了。你报警吧。"

琼妮一走,多来斯打了报警电话,然后就离开了这是非之地。

多来斯报警时,没报自己的姓氏。警方接到报警,马上来到现场勘查。巧得很,负责侦查的警官叫洛代斯,他不但是百叶帘推销员多来斯的哥哥,而且是琼妮妹妹的未婚夫。洛代斯通过身份证查到了哈里的家,一家人接到电话,急忙赶到喜尔新大厦。

他们怎么也想象不到,查尔会自杀。在现场,哈里父亲一看遗书,连说:"不对,不对,这不是查尔笔迹。"等到检查尸体时,发现死者嘴里塞满了维生素和消炎片,显而易见,这是人死后有人硬塞进去的。同时发现查尔死前曾有男女做爱行为,现场查不出他杀现象。他们认为查尔之死,很可能由一个女人引起,但报警的却是位青年男子,因为哈里的父母开着医院,死的又是自己的儿子,所以当场决定,把查尔尸体送往自己医院解剖。

　　解剖马上有了结论:查尔是由于过度兴奋,死于突发性心脏病,起因于与女性做爱。那么那个异性是谁呢?

　　哈里带着悲痛的心情回到自己家里,把发生的不幸事件告诉了琼妮。琼妮听得冷汗淋漓、心惊肉跳,心情悲恸的哈里没有注意到妻子的反常表情,他讲完事情后,便走进了卧室。

　　哈里进卧室后,琼妮仍在独自发呆,这时她妹妹珍妮跳跳蹦蹦地回来了,一进家门,见姐姐一副失魂落魄的样子,盯看了一会后,问道:"姐姐,是不是你乐死了一个男人?""啊!"琼妮一听,吓得身体倚倒到墙上,惊慌地问:"你,你怎么知道的?""我男友洛代斯说的。是他经办这个案子,现已查明,死的人是姐夫的哥哥,他是因兴奋过度、心脏病突发而死。我再告诉你,那个百叶帘推销员就是洛代斯的弟弟多来斯,他起先以为是他不小心砸死了查尔,可他报警后老是受良心的责备,于是就准备投案。在投案前,他向哥哥讲述了制造假象的前后经过。现在只要找到那个女人,事情的真相就可水落石出了。"

　　珍妮像讲故事似的讲得很随便,可琼妮听了如坐火山。她知道自己虽不负法律责任,但这种事一透底,自己还有什么脸面呆在这个家里? 一时急得眼泪"簌簌"直流。珍妮见姐姐这么六神无主,忙又轻松地说:"姐,急什么? 你又不是故意的,纸包不住火,捅穿了就算了,你去向姐夫承认过错,这样也不再多麻烦他人了。"琼妮叹了口气,说:"全是你,出了这么个馊主意,弄成这么大的祸事!"

　　琼妮鼓足勇气,走进卧室,硬着头皮厚着脸,结结巴巴、支支吾吾地向哈里讲了事情的经过,说害死大伯的那个女人就是自己。哈里听了,惊得瞪大了眼睛,过了半晌,才一字一顿地说:"你做的好事?"

　　琼妮含着泪说:"是的,我没脸见你!"说罢,她含泪拿了些衣服,离家而去。

琼妮一走，珍妮当然也随着离去，姐妹俩住进了父母留下的祖居。

转眼，两个月过去了。随着时间的推移，哈里冷静下来，进行了反思：他感到对新婚的妻子太缺乏关怀和理解了，他明白由于自己的冷淡，才导致琼妮寻找安慰，引发了祸事，祸的由头还在自己的身上。哈里这样一想，反而感到深深的内疚了，终于在一天下午，他驱车来到琼妮的住处。

琼妮自离开哈里家后，思前想后，总觉自己过于放荡，对不起哈里，她迫切希望哈里有朝一日能谅解她。就在她倚窗思考时，发现哈里驾车来了，她激动得急忙奔下楼，快步走了过去。她刚想扑进哈里的怀里，但又马上停住了脚步，她不知道哈里是来和好还是来谈离婚的，因此只是把手伸了过去。

哈里开始见琼妮奔向自己，心里很是高兴，正准备拥抱她，可还没张臂，见琼妮仅是伸出手，他心里一愣，但马上就明白琼妮心里在想什么了。于是紧紧握住琼妮柔软的小手，顺势把她拉了过来，紧紧地拥抱着她，深情地说："亲爱的，是我没有关心你！"琼妮只感到一股暖流涌向全身，颤抖着声音说："不！是我对不起你，对不起你的一家，我谢谢你的谅解。""过去的事情已经过去了，亲爱的，我能到你的房里去吗？""当然可以。"琼妮兴奋地回答。

于是，两人手挽手地向楼上卧室走去。当两人来到卧室门口，琼妮突然仰脸面向哈里，嫣然一笑，神秘地问道："您有心脏病吗？"哈里哈哈一笑，摇了摇头，一伸手，把琼妮抱在怀里……

（赵克忠　改写）

上校的大衣

　　罗尔德·比尔(1916—　)是英国著名作家。他在文学领域里是个多面手,写过长篇小说、短篇小说、舞台剧本和电影剧本,还写过儿童读物。他的作品在美国、日本和整个欧洲大陆都是畅销书。他善于从生活中的各个方面猎取素材,作品情节构思奇特,结尾出人意料,颇具欧·亨利之风格。《上校的大衣》通过一件黑貂皮大衣的易主,巧妙地揭示了美国中产阶级虚伪的夫妻关系。

　　比克斯比夫妇住在纽约市某处一套不大的公寓里。比克斯比是位牙医,他太太是位健壮的大个子女人。她每月一次,去巴尔的摩探望她年迈的姨妈,在那里过一夜,然后第二天回来。实际上，那位"姨妈"是比克斯比太太编出来的，她在巴尔的摩有一个上校情人。

这年圣诞节的前一天，比克斯比太太站在巴尔的摩车站，等着坐火车回纽约，正在此时，上校的一个仆人送来一只扁平的大纸盒。比克斯比太太明白圣诞节快到了，这是上校送的圣诞礼物，她想弄清楚是什么礼物，所以一上火车，便带着盒子走进女厕所，锁上门，迫不及待地打开来。"天哪！"她突然叫起来，"这是真的吗？"

原来盒子里装着件她以前从未见过的貂皮大衣。这大衣毛色几乎是纯黑的，但拿近窗子，能看见上面带着一抹蓝色，鲜亮的深蓝色，像钴一样。商标上写着"拉布拉多野貂皮"，价格起码在 6000 元以上。盒子里还有一封信，比克斯比太太忙撕开信封，抽出信纸：

我曾听你说过喜欢貂皮，便给你买了这件大衣。人们说它很好，我怀着良好的祝愿请你接受它作为分手的礼物。由于我自身的原因，我将不能与你再见，请接受这件分别的礼品，及我真挚良好的祝愿。别了，祝你幸运。

看完信，比克斯比太太一阵眩晕，但她很快就振作了起来。她慢慢地抚摸大衣的黑毛，微微一笑，叠起信来，打算撕碎了扔出窗外。正叠时，她却注意到信的另一面上写着：

就告诉他们这是你那慷慨的好姨妈送给你的。又及。

比克斯比太太心事重重地回到座位上，反复琢磨着上校的话。她曾对丈夫说过"姨妈"是个穷老太婆，说是姨妈送的"圣诞礼物"，丈夫肯定不相信。怎么才能瞒过丈夫呢？她皱着眉头，想了一会，心中渐渐有了主意。

两个小时后，比克斯比太太下了车，身上仍然穿着她原先那件旧的红大衣，怀里抱着硬纸盒，快步走出车站。在车站门口，她做了一个手势，招呼一辆出租车，吩咐司机径直开往当铺。

一会儿，出租车就在一家当铺前停了下来。比克斯比太太下了车，走进当铺，对当铺老板说："你看我傻不傻，出门把钱包弄丢了。碰巧今天是礼拜六，银行全都关门，要到星期一才开。我只打算借一点，够我凑合到星期一就行了。你瞧，这是我的大衣，到时我就过来赎回。"当铺老板听了，没有吱声。

当貂皮大衣一落到柜台上时，当铺老板的眉毛不禁一扬，他忙走过来，抚弄着柔软的皮毛说："看来这件衣服是新的。"

"那当然啰！不过我说了，我只打算借一点钱，50块怎么样？"

老板点点头："没问题！"说完，便走到一个抽屉跟前，取出一张标签，放在柜台上。他问道："姓名？"

"不必填了，还有地址也不必了。"

老板耸耸肩，摇摇头，说："那么，你可别丢了这张标签。你知道，不管谁，只要拿到这张标签，都能前来认领的。"

"是的，我知道。"

"光凭号码就能领。"

"是的，我知道。"

"物品说明栏你要我怎么填？"

"也不必填了，谢谢。这没必要，光写上我借多少钱就行了。"

老板踌躇了一下，说："那么就随你的便吧，反正这是你的大衣。"

听到这话，一丝不安触动了比克斯比太太。她问道："老板，如果标签上没写明物品，我来赎回的时候，怎么肯定你一定给我这件大衣，而不是另外一件东西呢？"

"本子上写着呢。"

"可是我这标签上只有号码。你想给我哪一件旧东西都行！"

"你到底要不要写清物品？"老板有点火了。

"不，"她说，"我相信你。"

老板在当票价格两个字旁，写下了"五十元"，然后沿着一排小孔撕开，递给了比克斯比太太，又从口袋里掏出了五十元，说："月息三分。"

比克斯比太太接过钱和标签，转身走出当铺。几十分钟后，她到家了，丈夫正坐在桌旁看晚报。她走过去，吻了吻丈夫，就转身到盥洗室去了。

一会儿，她走了出来，坐在丈夫旁边，说些巴尔的摩的新鲜事儿。说话时，她打开手提包，拿出手帕，似乎想擤擤鼻子，突然，她望着那张标签叫了一声："啊，你瞧！我忘了让你看这个了，我碰巧在出租车座位上发现的。"

她把那张小小的棕色硬纸片递给丈夫，丈夫细细地打量一番，慢腾腾地说："你知道这是什么？"

"不知道啊，亲爱的，我不知道。"

"这是张当铺的标签。"

比克斯比太太显出一副失望的神色，说："啊呀，真扫兴。我还巴望是赛马的彩票呢。"

"这张标签很有价值。"接着，比克斯比就开始向妻子解释当铺标签的用途，特别说明不管谁拿到这张标签，都可赎回物品。她一直耐心地等他把话说完。

"啊，真不错！"她欣喜地叫了一声，"太有意思了，这东西要是一件上好的古代花瓶，或是一个罗马雕像就好了！"

"不会的，可能是个戒指或手表。"

"我想这太吸引人了。把标签还给我，我星期一一大早就过去，看看到底是什么东西？"

"不，还是让我去吧，我上班的车正好路过那儿。"

……

夫妻俩为谁去当铺取东西争执了起来,最后还是比克斯比太太让步了。

星期一一大早,比克斯比太太在丈夫上班前,特意叮嘱他不要把去当铺的事儿忘了,还叫他一取回东西,就给家里打个电话。果然一个小时过后,电话铃响了,没等头遍铃声消失,比克斯比太太就飞快地穿过房间,拿起听筒,只听丈夫说话时声音都变了:"亲爱的,我拿到了!""什么东西?""不告诉你,你等着看吧,你会欣喜若狂的!""我现在来看好吗?""不,我太忙了。要么,你下午一点半来吧,再见!"

下午一点半,比克斯比太太就急忙赶到丈夫的诊所。丈夫亲自打开门,领她穿过走廊走进手术室。他来到用来挂衣服的壁橱前,站在前边用手指指说:"就在这里,亲爱的。不过,先闭上你的眼睛——"

比克斯比太太闭上眼睛,深吸一口气,然后屏住。在一片寂静中,她听见他打开壁橱,从挂着的东西中间拖出一件衣服来,发出一阵轻微的窸窣声。

"好,看吧。"

"我不敢。"她忸怩地吃吃笑起来,一只眼睁开一条细缝,只看见丈夫朦朦胧胧地站在那里,提着一件什么东西。

"貂皮!"他喊道,"真正的貂皮!"

一听到这个神奇的词儿,她马上睁开双眼,同时向前跳去,准备把那件大衣抱在怀里。但是,没有什么大衣,只有一条小小的可笑的皮围脖,从她丈夫的手中垂下来晃荡。

她用一只手捂住嘴,身体不由得连连向后退。心中说道:我要叫起来了,这我知道,我要叫起来了。

丈夫惊奇地问:"怎么回事,亲爱的? 难道你不喜欢吗?"

"哦,不是的,"她结结巴巴地说,"我……我……我太激动了。"

"来，"丈夫说，"试一试吧。"说完，他探出身子，把围脖围在她脖子上，接着往后退了几步，赞美道："漂亮极了！你围着多合适。可不是每人都有貂皮的，亲爱的。""不是，当然不是啦。"

"你去买东西时，可别围着它，不然商人们会觉得我们是百万富翁，就会要双倍的钱。"说着，转过身去，走到脸盆前洗手。他叫太太先回家去，晚上他可能晚一点回来。

比克斯比太太向门口走去。她要去找那个当铺老板，把这条脏围脖扔到他脸上，他要是不把大衣还来，就和他没个完。

正在这时，丈夫的助手兼秘书普尔特尼小姐沿着走廊向她走来了。她步子轻快，身上似乎飘着淡淡的香水味。比克斯比太太看着她，眼睛都瞪圆了，原来她身上穿的正是那件漂亮的黑貂皮大衣。

（夏　雨　编写）

声东击西

《声东击西》改编自美国作家罗·阿瑟的短篇小说《摆脱乔治》,情节内容饶有趣味,人物形象栩栩如生。短篇故事在有限的篇幅里如何设置悬念,展开情节,读罢此作,不无裨益。

这天,好莱坞性感明星劳拉·雷娜举行周末聚会,各路记者为抢新闻也纷纷前来。眼看宾客都到得差不多了,劳拉却还优哉游哉地在楼上化妆。也难怪!本来嘛,这种大明星就习惯了众星拱月的场面,现在摆足架子,也是情理之中的事。

正在这个时候,只听"咚咚咚"有人敲门:"劳拉,你准备好了没有?楼下记者来了一大帮,那些家伙小看不得,难道你想明天就名声扫地吗?"

　　敲门的是劳拉的经纪人哈利,劳拉马上就要和他结婚了。哈利没有进门,催了劳拉几句,随后又下楼忙去了。过了会儿,"咚咚咚"敲门声再次响起,劳拉快活地转过身喊道:"进来,哈利,咱们下楼去!"

　　门被推开了,可是进来的不是哈利,却是一个自称东部报业集团的记者,戴着一副宽边塑胶架眼镜。一瞬间,劳拉似乎感到来者有些面熟,还来不及开口,来人已经摘下了眼镜……

　　"乔治,不!"劳拉惊叫一声,"这不可能,乔治,你不是死了吗?"

　　劳拉的脸色顿时变得惨白,事情来得太突然了。原来,七年前,劳拉还是一个偏远小镇上廉价杂耍班子中不知名的脱衣舞女,乔治是她的丈夫,但是他们结婚不到一个月,乔治就因为参与当地一起恶性抢劫案,被关进了牢狱。劳拉怕牵连自己,当夜就悄悄离开了小镇,经过一番整容,重新开始了自己的生活之路。感谢上帝,不久以后,劳拉就闻听乔治已经在狱中得病死了。这下好了,再也没有人能知道自己的过去了! 每想到此,劳拉就庆幸不已。却谁知,今天乔治会突然出现。真是祸从天降!

　　只见乔治"嘿嘿"冷笑着逼了上来:"不,不,不,亲爱的,这只不过是个误会,其实我坐了六个月的牢就出来了。小宝贝,你可让我好找呀,新牙齿,新鼻梁,新事业,啧啧,你比以前真是强多啦。"

　　劳拉沉下脸问:"你来干什么?"

　　"干什么?"乔治鼻子里哼了一声,"难道你想给我些钱,就此堵住我的嘴巴,然后像赶叫花子一样把我赶走? 要知道,我是你的丈夫,你怎么能这样对我,何况我手上还有几张你的脱衣舞玉照……"

　　"你——"劳拉气得跳了起来。

　　"别这样,宝贝,你难道不想跟你的丈夫好好温存一番吗?"

乔治边说边就一把抱住了她。

"放开我!"这一切使劳拉更讨厌乔治了,她下意识地抓起手边的镀银雕像,拼命向乔治砸去,回过神后一看,才发现乔治已经死了。

几乎是同时,哈利进来了。

"哈利!"劳拉颤抖着扑了过去,急急地向他讲述了事情的整个过程,"我该怎么办?"

哈利看了看死去的乔治,沉思了一会儿,说:"亲爱的,这一切可不能让楼下那帮家伙知道,我们得马上想办法,至少目前应该把他藏起来,然后找机会把他运出去。你有没有大衣箱?"

"有,在里间。"

"那好。"哈利说,"等会儿我们就下楼去宣布结婚,去墨西哥度蜜月,然后把装有乔治的大衣箱当作行李带出去。记住,所有这一切都必须小心处理,否则你的前途就会完了。好吧,宝贝,你赶紧化妆,我来处理乔治。"

于是,劳拉又回到化妆镜前,慌慌张张地直往脸上扑粉。哈利便从里间拖出大衣箱,把乔治装了进去,又把一切收拾得好像什么也没有发生。随后,两人相拥着下了楼。记者们立刻蜂拥而上,向劳拉打听最近的演出计划,劳拉无心回答这些问题,因为她满脑子想的都是那个装着乔治的大衣箱。

"诸位,"哈利镇定的眼光四下一扫,说,"我想借此机会告诉大家一个好消息。我与劳拉相恋已久,现在,我们决定正式结婚了,明晚出发,到墨西哥去度蜜月。"

立刻,底下一片"嗡嗡"声。

哈利朝大家摆摆手,说:"我与劳拉希望能有一段单独相处的时间,请各位记者给我们一个机会,不要让我们在度蜜月时睁眼闭眼都是你们的笑脸。"

"哗——"全场掌声、笑声响成一片,间或,也传出种种抱怨声。因为劳拉的蜜月之行对新闻界是件大事,哈利这么一宣布,岂不是断了那帮记者的财路?他们明里不好说,可心里个个都不痛快。

第二天晚上,劳拉和哈利终于踏上了蜜月旅行之路。让他们得意的是,谁都以为他们是去墨西哥,而实际上此刻他们正在去往哈利山间别墅的路途中,装有乔治的大衣箱就藏在后面的车厢里。四周一片漆黑,只有两束车灯光照着前方,劳拉不由轻轻吁了口气:如此神不知、鬼不觉地把乔治运到这里,以后就不用再担心自己的过去被人知道了!

可是,好景不长久。没过多久,后面就有灯光照了过来,劳拉瞥了一眼车侧镜,不由倒抽一口冷气:"哈利,后面有车,莫非是记者跟踪我们?"

几乎是同时,两人都听见了尖厉的警笛声。

"是警车!哈利,他们发现了。哦,天哪,他们发现了!"劳拉的声音近乎绝望。

"不可能,"哈利故作镇定地说,"这件事,除了你和我,只有乔治自己知道了,而我们,对谁都没说起过。别慌!"哈利说到这里,猛地踩住刹车,把车子停在路旁,警车呼啸着随即也在他们身后刹住。劳拉神经兮兮地掏出化妆盒,猛往脸上扑粉,哈利则摸出一支烟。

"看看驾车执照,"一个矮壮的警察走上来,高声说道,"先生,你们急着赶路,想去哪里呀?"

"当然啦,"哈利牛头不对马嘴地说,"我们刚刚结婚——"

劳拉灵机一动,伸手拧亮车顶灯,轻声细语地对警察说:"我想你应该认识我吧,我是劳拉·雷娜,这位是我的丈夫。"说话间,劳拉显出一副又可爱又柔顺的模样。

"劳拉·雷娜?哦!"警察立刻显得毕恭毕敬起来,"下午我还在电视里看过你们的婚礼,但是你们超速——"警察的声音似乎显得有点儿无可奈何。

趁着这当儿,哈利朝警察手里塞了几张钞票。结果是,妙得很,警察笑了笑,开着警车走了。

劳拉的神经似乎要崩溃了:"哈利,我再也受不了了。"

"宝贝,别着急,"哈利轻轻地安抚她道,"只要我们把乔治锁进我的山间别墅,是不会有人发现的,我们可以把他埋掉。这样,我们就可以永远地摆脱惊吓了!"

劳拉疲倦地依偎在哈利的怀里,迷迷糊糊地睡着了。当她醒来时,车子已经停在了哈利的山间别墅前。

哈利打了个嗯哨,对劳拉说:"宝贝,下车吧,你开门,我把那个家伙扛进去。"哈利说的"那个家伙",当然是指乔治。

于是,劳拉下车,开屋门,在一片漆黑中寻摸电灯开关。突然,从花园里传来一阵哄笑声和杂乱的脚步声。

一个声音高叫道:"劳拉,哈利,你们在耍花招呢,你们根本没办到墨西哥的旅游卡。哈哈,还想瞒过我们的眼睛?感谢上帝,我们现在就是专门赶到这里来恭候二位的。伙计们,准备欢迎这一对新人儿。"

立刻,所有的灯都亮了,摄影师们打开了镜头。显然,这帮不速之客就是昨天参加聚会的那帮记者。

刹那间,空气凝固了。

"天哪!"有人喊了一声。

人们看见哈利站在劳拉身边,死去的乔治就横在他的肩膀上。

(潘　灯　改编)

历 尽 惊 险

重要的是别冒险,而这要有坚强
的意志力才能做到。

恐惧的三点钟

　　康奈尔·伍里奇(1903—1968),19世纪20年代他在哥伦比亚大学读书时开始小说创作,并于30年代至40年代,成为"黑色体裁"小说的创始人之一。他的小说集《后窗》、《我嫁给了一个死人》被称为"黑色系列"悬念经典之作。《恐惧的三点钟》根据他的小说《三点钟》改编而成,该作品悬念感极强,扣人心弦,结尾别出心裁,显示出作家驾驭情节的超常才能。

　　斯塔普在一家钟表修理铺工作。最近一段时间,细心的钟表匠怀疑妻子有外遇,心里就像打翻了的五味瓶似的,不是个滋味。他想假装没看见这些事情,可越是压抑,心里越是憋得慌。终于,他憋不下去了,他觉得不干掉这对男女,就不能解恨。

斯塔普想把事情干得漂亮些,既除了这对狗男女,自己又惹不着官司。于是,每天下午从铺里回家,总是带回一小包硝药一类的东西。为掩人耳目,他把它们塞进地下室的一只肥皂盒里。数十天过去了,他又找来两节干电池,作为引爆物。一切都进行得滴水不漏,有条不紊……

按计划,这天是动手的日子。整个上午,斯塔普百事不管,一心摆弄着一台廉价的闹钟。到了 12 点 30 分,他用一张旧报纸将闹钟包起来,往腋下一夹,和其他店员打个招呼,就离开了店铺。以往,他总是在这个钟点出去吃饭的,现在斯塔普走出去,别人一点儿也不起疑心,而且,他知道自己的老婆这段时间也不在家,而是到超市购物去了。

斯塔普悄悄溜回家,打开门,走进灰蒙蒙的屋内,然后径直奔向地下室。他打开包装纸,取出闹钟,拧紧发条,动作娴熟地接通电线,接着掏出怀表,将闹时定在下午三点钟。斯塔普已经摸准了,每天三点钟,那个野男人就会上门来和自己的老婆幽会,到时就送他们上西天!

一会儿,寂静的地下室便传来"嘀嗒嘀嗒"的声音。闹钟搁在地板上,好像是被随意地放在那里,旁边是一只看上去普普通通的铜盖肥皂盒,里面放着的就是斯塔普十多天来储存的硝药。他再看看时间,前后只用了 10 分钟,不由得自鸣得意起来。

他整整衣服,神色坦然地走上楼去,刚到底层门厅时,突听到一阵轻微的脚步声,"谁?"他警觉地止住脚步,猛地一转身,朝餐室看去,正好看见一个大块头男人,半蹲着身子,肩膀向前隆起,蹑手蹑脚地朝他这边过来。"啊——"说时迟,那时快,"大块头"旋风般蹿了上来,一只手凶猛地抓住他的喉咙,把他摔倒在地。

斯塔普好半天才喘出一口粗气,他厉声斥道:"你想干啥?"

"嗨!下来,这里有个人!"那人警觉地叫道,冷不防朝斯塔普脑袋边捅了一拳,斯塔普"啊呀"一声,晃了晃身子,昏了过去。

隐隐约约地,斯塔普听到楼上那人跑下楼来,对大块头说:"看你磨磨蹭蹭的!还不拿样东西来,让我把他绑住,我们得赶快离开这里!"斯塔普听了,浑身一激灵,挣扎着爬起来,说:"看在上帝的面上,别绑——"一句话未说完,喉管已被人卡住,透不过气来。

不一会儿,斯塔普就被五花大绑起来,更可怕的是,他的嘴巴给一块抹布堵得严严实实的,一点声音也发不出。

大块头的同党咧嘴狞笑道:"你想保护什么呀?这个穷地方,什么也没有哩。"

斯塔普愤愤地看了他一眼,发现此人奇丑,是个丑八怪。这时,他感觉到"丑八怪"的脏手,伸进了他的背心口袋里,把他的怀表掏了出来,然后伸进他的裤袋里,拿走了他的零钱。

大块头问道:"我们把他搁哪儿呢?"

丑八怪左右打量了一下,说:"他不是从地下室出来的吗?就让他再跑一趟吧!"斯塔普一听,头上冷汗"吱吱"直冒。他拼命扭动着身体,前后晃动着脑袋,"嗷嗷"乱叫,不肯挪动步子。这两个盗贼发火了,一个提头,一个拎腿,将他抬起来,踢开地下室的门,顺着楼梯就往地下室走去。

丑八怪喘着气,对同党说:"我说,把他绑到西角的那根管子上去!不然,他要是到处滚来滚去,会吃不消的。"他们让斯塔普坐起来,双腿伸出,然后用一根卷起来的绳子,将他绑个结实。末了,大块头拍了拍斯塔普的肩膀,打着怪腔说:"放松点。我以前当过水手,你别想从我打的绳结里脱出身来!"说罢,"啪"地打了个响指,和丑八怪一前一后、悠然自得地离开了地下室。

周围重又恢复了平静。斯塔普绝望地转动着脑袋,将目光投向那台闹钟,当他看到离三点钟仅剩下 1 小时 25 分钟时,眼珠子几乎要从眼眶里弹出来。

时间在一秒一秒地过去。1 点 55 分时，斯塔普听到上面有人开门的声音，接着就是一阵高跟鞋"咯吱、咯吱"从头顶踩过，他像被注射了一剂强心针，心里大叫起来："弗兰！弗兰！快来地下室呀！"他狂吼着，但马上就沮丧起来，老婆根本听不到。他试着挪挪脚，却半点动弹不得。他算死了这条心，只盼着老婆自己到地下室来。

然而，弗兰似乎根本不理会他的祈祷，到厨房忙了一通后，竟"咚咚咚"上二楼去了。

斯塔普感到一阵恐惧。突然，上面传来急促的敲门声。那个该死的野男人来了！他心里又是恨，又是盼的。只听弗兰应了一声，迅速走下楼，打开门，关切地问道："嗳，戴夫，你饿了吧？把门关牢，跟我到厨房来，我先给你煮一杯咖啡！"不一会听到关门声，两人相拥着走进屋来。

过了很长时间，两人才到客厅。那个被称作"戴夫"的说话语调低沉，斯塔普每一个字都能听清楚。渐渐地，他从他们的对话中，听出了一点名堂：那人居然不是弗兰的情人，而是她失散多年的哥哥！记得弗兰曾跟他讲过，她有个哥哥，在别的州做生意，好多年不来往了，没想到后来吃了场官司，在监狱里呆了七年。他这次是作为逃犯来到妹妹家避难的。弗兰哥哥怕惹麻烦，就叮嘱妹妹不要告诉斯塔普……斯塔普有些后悔，都怪自己太生疑了。斯塔普胸口涌过一阵苦水，他把眼睛一闭，拼命用头撞那根管子。

"什么声音？"弗兰哥哥停止了说话，问道。弗兰站起来，走了几步，木知木觉地说："没什么呀，我什么也没听到。"接着，她对哥哥说，"我看我们该走了！斯塔普这人小心眼，他不知是你，说不定以为我在外面找情人呢。我们去店里和他打个招呼，你就去警察局投案自首。唉，这事儿在电话里也和他说不清楚。"不一会儿，门外就传来汽车发动声。

斯塔普无声地叹了口气,看着那"嘀嘀嗒嗒"走动的闹钟,离三点钟只剩15分钟了,可怜巴巴的15分钟。

再挣扎也是无济于事的,斯塔普现在看出了这一点。他垂下眼睛,不再盯着闹钟。他觉得这样一来似乎可以减少一些恐惧。就在此时,只听"啪"的一声,地下室的一扇气窗被狠狠地撞击了一下,他先是一惊,接着就是一阵狂喜:原来是一只网球砸过来,它穿过铁丝网,落在了玻璃窗上。

捡球的人走过来了。斯塔普看清楚来人是个小孩子。他扭头瞅了一眼闹钟,发现仅剩下最后3分钟了。于是他左右猛烈地摇脑袋,做鬼脸,希望能引起孩子的注意。只见那孩子举起一只肉嘟嘟爱乱动的小手,捡起球,还朝里面张望。突然间,孩子看见了他!可就在此时,孩子的母亲赶过来,抱起小孩,有点生气地说:"快起来,你在这里干什么?"

"妈咪,瞧!"小孩不肯离开,他用手指指气窗,"一个怪人,被绑着,还在做鬼脸。"

没料到孩子的母亲压根儿不睬他:"那有什么好看的,妈咪可不能像你那样朝人家的屋子里张望。"说完,就将孩子拖了开去。

斯塔普再次跌入了万丈深渊。随着3点钟的一点点逼近,他已经是出的气多,而进的气少了。"嘀——呤"一阵刺耳的闹铃声响过,斯塔普从头到脚都在颤抖,突然,他怪声怪气地笑了起来……

也不知过了多久,弗兰发现了斯塔普,她很快就叫来了一帮警察。她双手捂着耳朵,两眼泪汪汪地说:"这到底出了什么事?你们就不能让他不笑吗?我实在受不了啦。他为什么那样笑个不停呢?"一个警察同情地说:"对不起,太太,他疯了。"

闹钟显示已是晚上7点钟,斯塔普担心的炸药没有爆炸,而警察的调查仍在进行。有人不小心踢到一只小盒子,那小盒子带着闹钟轻轻地顺着墙向前滑动了一段距离。警察问弗兰："那是什么?"弗兰看了一眼,不经意地解释道:"一只空盒子,本来里面放了一些肥料,前几天肥料已经被我浇花倒掉。"

这确实是一只空盒子,可是斯塔普却蒙在鼓里……

(夏　雨　改写)

蓝色命令

　　下面这则故事源自一段报章，作者在编写中花了不少功夫，作品进入情节相当快，人物塑造上也比较注意细节的处理。

　　某国一份列有一百个间谍档案的名单被一个网站泄露了。政府虽然立即关闭了这个网站，但仍被敌对国截获了其中一个间谍的材料，这个间谍的代号是"狮子"。

　　敌对国国防部调查局局长立即把特工处处长叫来，交给他一份天蓝色封皮的行动计划，要他利用狮子引出潜伏的其他间谍，将他们一起暗杀掉。这次行动就叫"蓝色命令"。

　　蓝色命令立即付诸行动，国防部大楼表面上看依然平静如常，可内部空气却非常紧张。处长心里很清楚：这次行动绝非易事。但他万万想不到的是，这个代号为"狮子"的间谍实际上就隐藏在他们国防部的大楼里，是他属下的一个特工。

"狮子"真名叫托尼。不过此刻，托尼已经感觉到了自己的危险，因为他按惯例使用密码与自己的直接上司军情五处联系时，电脑上没有任何反应。托尼无法知道这是什么原因，但直觉告诉他，他现在必须尽快脱身。

托尼从抽屉的夹层里摸出一支手枪，装在西装口袋里，神色镇定地走出了办公室。走廊上没有任何动静，托尼暗暗松了口气，于是就像往常一样，走出国防部大楼，拐向右大街，不紧不慢地走上了蓝登大桥。平时托尼工作间隙的时候，也常常会到这儿来凭栏远眺，借以放松一下自己的神经，所以他今天的举动，并没有引起旁人的注意。可是就在他若无其事地下桥以后，突然不见了身影。原来他已经悄悄跃入河中，潜到了第三个桥墩旁的一个暗道里。这个暗道当初是军情五处派人秘密修建的，规定不到万不得已时不能使用，如今它成了托尼的"救命暗道"。托尼在暗道里游了十多米，开始感到脚下踩着地了，他立即钻出水面，找到一扇铁门，用密码打开门上的大锁，里面是一个密室，密室里有一张床和一台电脑，这正是托尼所需要的！托尼迫不及待地利用这台电脑再次与军情五处联系，依然什么反应也没有。托尼心里明白：军情五处一定出了问题，他被抛弃了。

托尼不死心，抱着最后一线希望与他从未见过面的几个单线联系，几分钟之后，两个代号分别为"狐狸"和"野猪"的间谍给他发了回电。狐狸的电文说：明晚9点，六号地点见面，暗号是按动三次打火机。野猪则与他约定：明晚12点，二号地点见面，暗号：一个银酒杯。

托尼终于舒了口气，在危急关头还能遇到朋友，真是一件值得庆幸的事。现在国防部是不能再回去了，托尼索性脱下湿漉漉的衣服，放心大胆地在床上美美地睡了一觉。

密室里有各种备用衣服,第二天晚上,托尼就化装成一个白发苍苍的老人,把手枪插入怀中。这支手枪是特制的,装着八发特大号子弹,每发都相当于一枚小手雷。他顺着墙角的梯子进入密道,直通大桥,然后在桥上拦了一辆出租车,8点45分的时候,赶到了六号地点。

六号地点是位于市郊的一家豪华餐厅,托尼选择了角落里的一张桌子坐下。这时候,一个身穿燕尾服的侍者走了过来,殷勤地问道:"先生,您需要点什么?"托尼说:"一杯白兰地,一份煎牛排。"侍者似乎并没有理会托尼的答话,而是从口袋里掏出一枚精致的打火机。托尼的神经立刻绷紧了,这是"狐狸"与他约定的暗号。

"啪"侍者按动了打火机,像是要去点燃餐桌上的蜡烛,就在打火机的火苗快要接触到蜡烛时,打火机灭了。紧接着,侍者又打着了火,可是又灭了。餐厅里并没有风,打火机的火苗不会被吹灭,托尼很清楚这一点。就在这时,侍者手中的打火机第三次按动了,这一次他终于点燃了餐桌上的蜡烛。

暗号完全正确,但是托尼并未急于表明身份,因为他注意到对面桌上用餐的两个男人,正有意无意地瞥了他一眼。而且他还发现,调查局特工处那个处长正坐在餐厅角落里,狼一样地监视着每一个进餐厅的人,自己因为化了装,一时没被认出来。侍者真就是"狐狸"?托尼心里暗思量:军情五处的特工难道会如此暴露地发暗号?况且最重要的一点是,现在还没有到9点整,那个侍者就提前打出了暗号,军情五处的人向来以准时著称,这种时候难道还会犯如此低级的错误?

看来,国防部已经掌握了他们这次约会的情报,托尼决定尽快离开餐厅。可是晚了,大门已经被几个侍者堵住了!现在没有退路了,要想救"狐狸"和自己,惟一的方法就是把这里搞乱,趁乱脱逃。托尼立即起身向门口走去,三个侍者拦住他说:"先生,您还没结账呢!""噢,我忘了。"托尼假装伸手去掏钱包,一拳把中间的侍者打翻在地,随即变拳为肘,又把左边的侍者打得趴在地下,右边的侍者想去掏枪,也被托尼一个扫堂腿掀翻在地。与此同时,托尼摸出手枪,朝着扑过来的两个大汉开了一枪,子弹爆炸了,两个大汉被炸得血肉模糊。

托尼彻底暴露了,埋伏在四周的特工纷纷把枪口对准他。托尼反应极灵敏,向后一仰躺在地上,"砰砰砰"一连三枪,把餐厅里的吊灯全部都打灭了。餐厅里漆黑一团,只有子弹在四处横飞。特工处长急得用对讲机冲手下人大叫:"别乱开枪,抓活的!"

这时候,托尼已经悄悄地移到餐厅门口了,隔着玻璃门,他看到一辆敞篷汽车停在门口,汽车内有火光一闪一熄地亮了三下。托尼一看,夜光表上显示正好9点整。暗号出现得非常准时,而且餐厅门口既安全又隐蔽,这才是军情五处的作风。托尼一脚把门踢开,一个鱼跃跳上了汽车,大喊一声:"'狐狸',开车!"敞篷车像箭一般驶向了公路,把追出门来的特工处长和他的手下远远地甩在了后边。

托尼这时才发现,这个代号叫"狐狸"的同行,是一个金发碧眼的漂亮姑娘,穿着一身黑色的紧身衣,年龄大约二十岁左右。姑娘冲托尼一笑:"你怎么知道我是'狐狸'?"托尼沉着地说:"凭直觉!"

姑娘看了托尼一眼,说:"我的真名叫梅丽莎,你呢?"

"托尼!"托尼回答之后,又问:"你为什么在餐厅门口打暗号?"

"这是迫不得已的办法,"梅丽莎说,"你在电脑网络上发布消息,狩猎者一定会看到;而为了救你,我又不得不来。所以我把车停到餐厅门口,如果你刚才再晚3秒钟出来,我会马上离开那儿。六号地点的暴露,说明我们军情五处内部出了叛徒。"

"军情五处是不是已经抛弃我们了?"梅丽莎点了点头:"他们这样做是有理由的,这叫舍卒保帅,这个道理你应该明白。"

托尼有些惊异面前这个女人的冷静,在这种险恶的环境下,她还能表现得这样理智,简直让人难以相信这是个才二十来岁的姑娘。托尼看着眼前这个金发飘逸的俏丽女子,敬佩和喜爱之情油然而生。

六号地点的约会是脱险了,那么12点钟二号地点的约会怎么办呢?"野猪"同样面临着巨大的危险。现在通知约会改期已不可能,只有到时候见机行事,设法不让他暴露。托尼便和梅丽莎细细商量起来。

二号地点是一座天主教堂。夜里11点半的时候,教堂里陆陆续续来了许多做祈祷的人。这回,特工处长亲自在教堂门口,严密监视着每一个出来进去的人。他的手下装成信徒混在祈祷的人群里,教堂外面也布满了便衣警察,只等托尼他们出现,就采取行动。

12点的钟声马上就要响了,祈祷仪式即将开始,这时在靠墙的人群中,忽然有人举起一只亮闪闪的银酒杯,在灯光的映照下分外耀眼。举这只银酒杯的人,其实就是托尼,他现在化装成了一个白发老妇人。托尼从刚才六号地点约会时侍者假接头得到启发,故意违反军情五处约会接头的严格规定,既不守时又如此张扬,目的就是要保护"野猪"不再暴露,并及时撤退。托尼的行动果然生效,特工们在处长的指挥下虎狼一般朝他扑了过来。这时"当当当——"教堂钟声响了,托尼虽然不认识"野猪",但他知道,"野猪"已经没有危险了。

托尼被特工们用枪挟持着来到特工处长面前。这时候,梅丽莎近在咫尺,不过谁也没有把旁边这个娇弱的女子放在眼里。特工处长得意地瞧着托尼,用胜利者的口气命令道:"把他带回去!"谁知话音刚落,梅丽莎以舞蹈般的动作瞬间就把挟持托尼的两个特工打倒在地。托尼也就势抓住时机，向身后的两个特工以肘击和手劈的方式发起进攻，将他们一一击倒。

教堂里的人乱成一团，托尼拉着梅丽莎的手奋力挤出人群，按预先商量好的计划向旁门跑去。没料到特工处长不知从什么地方钻了出来，一个箭步挡在了他们面前。托尼把梅丽莎向旁边轻轻一推，说："这是两个男人之间的较量，你不要插手。"只见特工处长摆了一个空手道的进攻姿势，怪叫着冲了上来，左右拳频繁出击，还不时加入几招凶狠的腿法。托尼看特工处长的拳路里几乎毫无破绽，便一边防守一边后退着。特工处长尽力施展拳脚，一直把托尼逼到墙边，但他毕竟上了年纪，动作渐渐慢了下来。就在这时，聪明的托尼忽然向特工处长的肋部猛踢一脚，紧接着后旋踢又跟了上来，特工处长只觉得眼前一片黑，便倒在地上。

门外的警察想冲进教堂，却被纷纷往外涌的人流堵住。托尼和梅丽莎趁机跑进忏悔室，拉开椅子上的坐垫，是一个地道口，这就是二号地点的秘密出口。两人迅速潜入地道，直奔港口。追踪而来的特工和警察向他们疯狂射击，托尼不容分说地对梅丽莎喊道："快上汽艇！"梅丽莎大声喊道："你怎么办？"托尼说："我在这儿掩护你，三个月以后，咱们在莱斯湖见！"子弹的呼啸声几乎把托尼的喊声淹没了。

梅丽莎犹豫不决地上了汽艇，托尼则留下来阻击。他一边反击一边向停泊在港口的一艘摩托艇靠拢，随后一纵身跳上摩托艇，紧拉了几下拉环，发动机就启动了，托尼就像水面上的鱼鹰一样，拖着长长的浪花飞驰而去。特工处长这时已带着特工们追了上来，他气得从旁边一个港口警察手里夺过一支装有瞄准镜的自动步枪，朝着摩托艇就是一阵扫射。托尼的摩托艇顿时变成了一团火，那火光一瞬间把漆黑的海面映得通红，也照亮了梅丽莎脸颊上滚落的泪花。

三个月后在莱斯湖畔,梅丽莎久久地伫立着,那双幽怨的眼睛注视着远方,她在怀念那个留在异国他乡永远不能赴约的年轻人,三个月前短短几小时的接触,梅丽莎已经喜欢上那个智勇双全的同事了。

"你还好吗?"一个熟悉的声音在梅丽莎耳畔响起,梅丽莎惊喜地回头,她竟看到了那个让她朝思暮想的年轻人。"你……"托尼抬起缠着绷带的胳膊,笑着说:"他们的枪法很差。"

梅丽莎脸上露出了甜美的笑容。

（张　勃　编写）

人质

星新一的短篇,构思精巧,想象丰富,故事性强,因而深得读者喜爱,被称之为"人生必读书"。《人质》根据星新一的同名小说改编,富有喜剧性的场面令人忍俊不禁。

快下班的时候,日本东京和其他大城市一样,显得特别忙乱。劳碌了一天的人们都暗暗松了一口气,等待着下班铃声的响起。就在这个时候,一家规模不大的银行柜台前,突然响起一声怪叫:"都别动,我是打劫的!"

一个头戴面具的抢劫犯,用手枪威胁着银行职员,命令他们将一捆捆钞票装进早已准备好的大旅行包里。

抢劫犯名叫三木,他赌钱输红了眼,打起了抢银行的主意。

有道是:人心不足蛇吞象。如今,大旅行包已经装满了钱,三木还不想离去,正当他还想扩大战果的时候,有一个银行职员冒着生命危险,悄悄地用脚尖踩住了暗藏的报警系统。一时间,警铃声大作,眨眼工夫,巡逻警车从四面八方赶来。

三木见自己落入了警察的包围之中,一时间急得犹如热锅上的蚂蚁,他右手握枪,左手拽着沉甸甸的大包,左突右撞,最后跌跌撞撞地爬上了银行的楼顶。

到了楼顶,三木放眼一瞧,更是傻了。这是一座孤零零的高楼,要想转移到其他楼层去是根本不可能的,而且光秃秃的楼顶,连只鸟都藏不住。三木正急得不知该怎么办才好时,突然,他眼睛一亮,一颗心激动得"怦怦"乱跳。原来,三木发现在楼顶角落里,有一个年轻人正向下眺望着什么呢。这不是一个现成的人质吗?只要抓住他,逃避警察的追捕就有希望了。三木忍住心跳,放轻脚步,像蛇一样地来到那个年轻人身边,一使劲,用枪顶住对方的腰部,恶狠狠地威胁道:"不要乱动,乖乖地按我的吩咐去做!"

年轻人冷不丁被吓了一跳,他回头看了三木一眼,很快就镇定下来,懒洋洋地说:"要挥舞那玩意儿的话,最好到别处去,在这里是要给你添麻烦的。"

年轻人的镇定反而让三木看不懂了。一般人碰到这种情况,早就吓了半死,难道此人的脑子有毛病?三木手上又用了点劲,手枪狠狠地顶住年轻人的腰:"你莫名其妙地说些什么呀?我手里握的可不是儿童玩具,只要我手指轻轻一勾,你的小命就完了。"

年轻人脸上微微一笑,不紧不慢地解释道:"那就随你的便好了,我正想从这里跳下去呢,你一枪结果了我,岂不更省事,免得我摔个头破血流。只是连累你担一个杀人的罪名,真不好意思。"

"你、你、你在说什么?"三木听得目瞪口呆,怎么也不能相信这是真的。

年轻人显然是想在死前再找个人聊聊,他毫不隐瞒地告诉三木:"说起来真让人后悔!我不知怎么会鬼迷心窍迷上了赛马,而且越来越上瘾,到了不能自拔的地步,最后挪用了公司一大笔款子。明天是公司查账的日子,我实在是走投无路了,瞧,这是我写给家人的。"说着话,他掏出一只信封,信封上果然有两个大大的字:"遗书"。

三木彻底泄气了,直骂自己是世界上最倒霉的人。此时,楼下的吆喝声已经越来越近,三木知道警察正在一个楼层一个楼层地朝上搜索,很快就会出现在楼顶,再不想办法,自己就要进监狱了。一着急,三木口气也软了,他可怜巴巴地哀求道:"先生,求求你,救救我吧。我刚刚抢了银行,正被警察追捕呢。我想,你反正是准备死的,什么也不在乎,就暂时做我的人质,救我一命吧!"

看样子,那年轻人是个冷血动物,他连想都没想就一口拒绝了:"我不管那些闲事,你再不开枪,那我就跳楼了!"说着,一条腿迈过了栏杆。

三木手忙脚乱地上前抱住年轻人,嘴里连声说:"咱们再商量商量,我不会让你白干的,我给你一大笔钱,这样你就可以还清债务了!"

年轻人闻听,似乎一愣,转过身来,不相信地问道:"你说的是真话?"

三木一看有门,赶紧大把大把地朝外掏钱:"你瞧,你已经成为一个大富翁了,干吗还要去死?"

年轻人终于被说动了,从栏杆外收回了脚,看到三木手里还拿着枪,就不放心地说:"我可以帮你一次,不过,事后你不是照样可以打死我,把钱抢回去?这样吧,为了表示诚意,你把手枪给我!"

"不行,不行!"三木一口回绝。

年轻人的脸当时就沉下来了,他把那些钱扔回大旅行包里,"好吧,咱们各走各的路!"

楼下嘈杂的喊叫声越来越近,三木不敢再僵持下去,无可奈何地把手枪递了过去:"好,好,我答应你,你就快做我的人质吧。"

年轻人一把夺过枪,望着眼前花花绿绿的钞票,突然之间,他仿佛自己脱胎换骨,变成另外一个人。此时,在他眼里,再也没有办不成的事,再也没有走不过去的路了!他大声向浑身发抖的三木发号施令:"喂,把你的旅行包拿过来!"

三木发觉苗头不对,一时间吓得惊恐万状,话也说不全了:"你、你、你要干什么?你可不要乱来。"

年轻人趾高气扬地朝天放了一枪:"你不听命令,我打死你!"

这时候,一群警察冲上楼顶,呈伞形将他们两人紧紧围住,一个警官朝着拿枪的年轻人高声喝道:"你已经没有退路了,赶快放下武器!"

三木做贼心虚,吓得高声大叫起来:"别开枪,我投降。"可是那个年轻人却毫无惧色,他神气活现地命令道:"快给我闪出一条路来,你们看清楚了吗?我手里还有人质!"

(周　金　改编)

开张第一天

　　两千字左右的超短故事,如何设置悬念,如何组织矛盾冲突,下面这则故事,很能给我们一些启示。它源自法国皮埃尔·贝勒玛尔的小说《悬念》。

　　这是一个天气晴好的早晨,上午九点,巴黎"瑞士村"古董艺术品商店正式开张了,店主奥诺雷·贝特朗将一万法郎的零钱放进收款台的钱箱里,便开始等待他的第一个顾客。

　　不一会儿,贝特朗透过橱窗玻璃,看到一位四十来岁的中年男子正在打量橱窗中的古董艺术品。这位先生身着一身合体的蓝西服,看上去像一位行家。于是还没等他按响店门铃,贝特朗就笑容可掬地把这位顾客迎进店堂。

"先生,想要点什么?"

先生彬彬有礼地问:"您这儿有文艺复兴时期的镶饰品吗?"

贝特朗一听就喜笑颜开,因为他这儿正好有几件这个时期的饰品,他立即去把它们捧出来。先生饶有兴趣地端详着这些镶饰品,贝特朗满脸微笑地在一旁等待着。

眼看一笔生意就要成交,谁知正在这时,店门铃声一阵紧似一阵。贝特朗掉头一看,脸上的笑容顿时僵住了。他看到从店门外又走进一位顾客,年龄不超过二十五岁,棕色头发,身上罩了一件黑色的长袍,进门就把一支左轮手枪对准了他。

"快把钱拿出来!"年轻人冷冷地吼道。

贝特朗毫无思想准备,一时吓懵了,除了直抖双腿,不知所措。

年轻人有些不耐烦,提高嗓门又重复了一遍:"快把钱拿出来!"

贝特朗这才回过神来,战战兢兢地向收款台走去。他正要把那只钱箱捧出来,突然,只见那个第一位进店的先生"叭"地将那些镶饰品往柜台上一放,对年轻人说:"先生,我看您错了……"

年轻人一惊,侧转身来,恶狠狠地吼了他一句:"别来这儿充好汉!"随后又转向贝特朗道:"怎么样,把钱拿出来吧!"

不知道是不是错觉,贝特朗觉得年轻人此刻说话的神气已经没有刚才那么十足。不过还没容他细想,只听那第一个进店的先生又对年轻人说开了,而且口气里充满了嘲讽:"您算得了什么呀?您甚至连一个小偷都比不上。您这么做,充其量不过是想向您的伙伴炫耀一番而已。实际上,您并不是一个真汉子,这从您现在的声音就可以感觉出来。"

那先生一边说,一边向年轻人走去。此刻,年轻人的额上已沁出颗颗汗珠,他把手枪对准了先生:"别过来,否则……"

但先生依然向前迈了一步。

死一般的寂静！柜台后面,贝特朗吓得全身发抖……

年轻人不由自主地向后一闪。先生又向他走近一步:"小伙子,不要这么紧张。我来告诉您,比方说,当您想用手枪来吓唬人的时候,首先要拉开保险栓,否则,所有的功用都将被卡住。"说到这里,他抬手指了指年轻人手里的那把正对准了自己的左轮手枪,"瞧见了吗? 保险栓就是那个小玩意儿……"

年轻人不知道有没有听明白他的话,接下来不见他上栓,只是失望地一个劲地朝窗外看,好像是在等待援兵。

先生开心地笑了:"嘿嘿,枪里既然没有装子弹,拉开保险又有什么用呢……"

原来,年轻人手里这把左轮手枪是用来吓人的。眼看诡计被戳穿,年轻人脸上显出一脸的无奈,他扫了一下店堂,突然一扭头,撒腿就跑……

贝特朗没有想到事情竟然能这么平静地解决,他激动地抓住先生的手,说:"真不知道怎样感谢您才好。这样吧,您从这些镶饰品中任选一件吧,我送给您。"

"别客气,"先生说,"这并没有什么。因为刚才我一眼就看到,他并没有拉开枪上的保险。"

贝特朗对先生佩服得五体投地,恳切地说:"您一定要挑一件去……其实告诉您吧,这钱箱里也没有多少钱,大数额的钱都在我的钱包里呢! 哎,您能不能告诉我,您的眼力怎么那么好,您是警察吧?"

先生摇了摇头。

贝特朗热情地拿起一件镶饰品,硬要给先生。

先生挥挥手,说:"对不起,我对您的镶饰品根本不感兴趣,我感兴趣的,是您的票子。"他边说边从口袋里掏出一把手枪,来回拨弄了一下,指着枪上的一个零件,对贝特朗说:"看到我刚才干什么了吗？我已经替它拉开保险了。请您相信，我这枪里是有子弹的，这把枪可是绝对有用的。"他努了努下巴，"去吧，现在您可以乖乖地去把钱拿过来了！"

这究竟是怎么回事？贝特朗被这突如其来的恐惧再次吓得晕头转向，当他再次捧出钱箱的时候，先生得意地笑了，吩咐道："请别忘了，还有您的钱包，钱包里应该有很多很多的钱……"

最后，当这位先生大功告成，踌躇满志地把手枪放进口袋，正要离去时，店门被打开了，警察走了进来，先前溜走的那个年轻人也被警察带了进来。警察对贝特朗说："我看到他从您的店里出来，拼命地跑……"

可怜的贝特朗经受这一幕幕戏剧性的变化，紧张得气都喘不过来，他脸色苍白，用颤抖的手指着第一个进店的先生，对警察说："他……有……有手枪。"

那先生试图溜走，但被警察堵住了店门，他只得耸耸肩，自认倒霉。他从口袋里把枪拿出来，交给警察，随后摇了摇头，朝那年轻人叹道："唉——拼命地逃跑，这是多么愚蠢的行为！这等于告诉人家：我是一个贼，快来抓我啊！你这个家伙，怎么做这种蚀本的生意？"

（张志红　编译）

斗鳄

　　作品根据非洲作家诺拉赫·布尔基的惊险小说改编。故事把人物的命运一次次推至绝境,"置之死地而后生",使之读来有一种审美的快感。作品流畅性、节奏性、匀称性三者处理得较为合理,在惊险故事中有一定的代表性。

　　布迪是一个优秀的猎手,他有一支来复枪。一年到头,他扛着枪给村里值夜守更,无论是野猪来破坏玉米田,或是老虎闯进村里咬牲口,从来没有能占了他便宜的。

　　有一天,布迪在看守河湾里的鸭子,忽然听到"泼刺"一声,水面上溅起了一阵水花。布迪吃了一惊,心想这是不是小鳄鱼浮上水来透气呢?因为这一带有鳄鱼。但他这回猜错了,浮上水的哪里是小鳄鱼,分明是一条大得骇人的大鳄鱼!只见它悄悄逼近鸭群,大口一张就将一只鸭子连毛吞下。

老天爷!布迪倒吸了一口凉气,这还是他第一次见到鳄鱼生吞活物。

那群戏水的鸭子吓得四下逃散,"呷呷"乱叫,而那条鳄鱼不知怎地迅速沉入了水底。布迪看得目瞪口呆,好半天才好像想起了什么,提了枪赶紧向村中跑去。

河里有鳄鱼的消息很快传遍了村子,村民们立即不安起来,提水的妇女和赶牲口过河的小孩整天胆战心惊的。布迪觉得自己肩膀上的担子更重了,他把来复枪擦了又擦,不时地在河边走来走去,注意那条鳄鱼的动向。

可是几天过去了,谁也没见到那条鳄鱼。它是离开了呢,还是正潜伏在河底伺机行动?布迪心里有些迷糊了。

这天中午,布迪刚吃完饭,突然听到村里一阵尖厉的叫喊声:"鳄鱼来了!"布迪拿起枪,就拼命地向村外跑去。

天!那条鳄鱼果然又出现了,它咬住了一头在河边饮水的母牛的鼻子,要把它拖进深水里去。岸边的村民们乱成了一团,有用棍棒的,有用树枝的,用力拍打着河水,想把鳄鱼吓走,有两个人甚至拉住了母牛的尾巴,使劲往后拽,可他们哪里拉得动?牛的主人在一旁又哭又跳,急得要冲进河中,从鳄鱼口里夺回母牛。

正在这时,布迪端着枪赶来了,他喝开了人群,走近河岸边,瞄准了那条可恶的鳄鱼。

"砰"的一声枪响,子弹打中了鳄鱼,可是鳄鱼毫不在乎,用力一拉,转眼间就和母牛一起消失在河水中。

"啊!"人们全呆住了,牛的主人哭了起来,人们都把期待的目光转向了布迪。

布迪用袖口擦了擦来复枪,平静地说:"放心吧,下次我一定要瞄准它的眼睛开枪。"

此后有好几次,布迪在渡口、河边和泥滩发现了这条鳄鱼,但它似乎认识布迪,每次一见到布迪便立即沉入河底,弄得布迪根本没有机会,但他不灰心,仍旧坚持不懈地侦察着。

终于有一天,他在泥滩上发现了鳄鱼的爪印和一个鳄鱼洞,洞口是在水底,岸上似乎是一道被豺狼挖掘出来的裂缝,他伏下身去,忽闻一股食物的腐臭味扑鼻而来。

"好家伙,我就在这儿等你!"布迪爬上了附近的一棵大树,隐藏了起来。

过了一会,鳄鱼果然来了,它爬上了泥滩,似乎是闻着了人的气味,它径直来到了布迪藏身的那棵树下。布迪随即瞄准了它的右眼,"砰"巨鳄中枪了!

受伤的大鳄鱼不断地打滚翻腾,挣扎着挪向河边。

"想逃跑?"布迪跳下树走上前去,却不敢靠近它,因为它的大尾巴在不断地抽打着,挨上一下,非送命不可。

鳄鱼爬到了河里,河岸上留下了一摊殷红的血迹,接着河水中也泛起一缕血花。过了一会儿,鳄鱼的身子翻转过来,露出了白色的肚子,紧接着慢慢地沉了下去。

鳄鱼死了! 布迪见此,心里不禁一阵狂喜,迅即放下枪,解下缠腰布,跳下河,想把鳄鱼的尾巴捆绑起来。

正在这时,只见那鳄鱼猛地一扭身,重又翻了过来。原来它是在诈死,骗布迪下水。

布迪吓了一跳,连忙三下两下就向岸边划去。可是鳄鱼以更快的速度向他追来,布迪右脚刚够着岸,鳄鱼就追上了他,一口咬住他的左脚,又将他拖入水中。

布迪在水中拼命地挣扎着,可没过多久,他的力气用完了,呛了几口水后,布迪渐渐地失去了知觉……

布迪醒来时,只觉四周一片黑暗,一股腐尸的臭味冲鼻而来。他好生纳闷：这是什么地方？自己是死了吗？他试着活动一下身体，顿时觉得脚部一阵疼痛，想起了刚才的经过，意识到自己并没有死。

他睁开眼睛，适应了一下环境，突然间他看到了一线亮光。那是一条裂缝，是豺狼为了偷吃鳄鱼的食物而挖出来的，由于它直通地面，太阳光可以直射进来。利用这微弱的亮光，布迪四下张望，发现四周全是动物腐烂的尸体和骨骼，他则躺在一块干地上，在他的身下，是一个水底的出口，在出口处，可以清楚地看见那条大鳄鱼的背脊。

布迪知道，他是躺在鳄鱼洞中了。

原来在他呛水的同时，那条鳄鱼由于受了伤，也已经精疲力尽，所以没来得及把布迪弄死，就匆忙把他拖进了自己的储藏室，刚巧布迪的头朝下，布迪吐出了水，醒了过来。

"我要逃出去！"布迪这时涌起一股求生的欲望。他试着挪动了一下脚，幸好还没有断，于是他慢慢地向那道裂缝爬去。

裂缝不大不小，只容得下豺狼的身躯通过，于是布迪就用手拼命去挖裂缝。泥土被太阳晒得又干又硬，他的手指都挖出血来了，他住了手，心想：要是有块砖头就好了。他环顾四周，一眼看见了一块牛的肩胛骨，他忙拿过来，又迅速地挖了起来，并把一堆烂泥堆在身后，成了座小屏障。有了这堆烂泥，他也有了几分安全感。

挖呀挖，只差最后几下，布迪就要成功了。他兴奋无比，猛地用力，"噗"一块硬泥掉进了水中，响声惊醒了那条养伤的鳄鱼，只听"泼剌"一声，它向布迪这里爬来。

身后传来一阵拨泥的响声和一股腥臭无比的热气，布迪知道是鳄鱼来了，他像发了疯似的向前爬行，并用力挖着土，隐隐约约他看见太阳，看见树木，他又能呼吸着新鲜的空气了。

那条鳄鱼也明白发生了什么事，一阵狂怒，烂泥堆一下就被推倒了,布迪全部暴露出来,鳄鱼一见,张口向布迪扑来。

就在这千钧一发的时刻,布迪用力一扳,好!他终于从洞口钻了出去,重新回到了地面上。鳄鱼哪里舍得猎物逃走,也穷追不舍地从洞口钻来。

布迪这时顾不得浑身泥污血迹,顾不得脚痛,拼命地跑到河边,拾起来复枪,装上子弹,返回洞口边。此时,那条大鳄鱼已经快爬出来了,一见布迪就发怒地张大了嘴,布迪顺势把枪插进鳄鱼口中,狠狠地扣响了扳机。鳄鱼一声怪叫,轰然倒入了洞中……

布迪回到村中,大家见他那副模样都吓了一跳。布迪将历险的经过告诉了大家,他们哪里肯信,就跑到洞边,果然发现洞里的鳄鱼已经死了,几个人就用绳子把鳄鱼拖回了村里。

布迪为地方除了一害,村民们兴高采烈,一齐动手帮他把鳄鱼的皮剥了下来,挂在屋子里。此后,要是有人来参观,大家都不厌其烦地讲述布迪的历险故事。

(刘　斌　改编)

莺庄的故事

阿嘉莎·克里斯蒂(1890—1976),英国著名推理作家和剧作家。下面这则故事根据他的推理小说《莺庄》改编,作品在悬念组织、情节设计上有独到之处。

阿丽克丝是个聪明伶俐的姑娘。

有一天,她在朋友家里邂逅了英俊潇洒的杰拉德,两人很快坠入情网。

阿丽克丝有四千英镑的遗产,这是她的一个表兄留给她的。阿丽克丝把这些钱都交给了杰拉德,杰拉德便用其中的三千英镑到郊外买了一座房子,还带一个大花园。

杰拉德对阿丽克丝说:"你一定没听过黄莺的叫声,黄莺只会为恋人歌唱。我们住到郊外去,到夏天的晚上,就可以听黄莺为我们唱歌。”

两人深深徜徉在爱河之中。没过多久,他们就结婚了,亲昵地把这座房子戏称为“莺庄”。

这天,他们雇佣的一个叫乔治的花匠来给他们的花园整理花草。

杰拉德不在家,阿丽克丝独自在花园里散步,就和乔治聊起天来。

乔治顺口问道:“太太,你们明天要去伦敦吗?什么时候回来?”

阿丽克丝吃了一惊:“没有啊,谁告诉你的?”

乔治说:“昨天我碰到了您的先生,他说你们明天准备去伦敦,而且不知道什么时候才会回来,您怎么会不知道呢?那……也许是我听错了吧。”

阿丽克丝觉得奇怪:杰拉德对花匠说了,为什么不对我讲呢?

乔治又说:“我也希望你们能再回来。你们要是不走的话那该多好,我很喜欢看到你们两个年轻人在一起散步。这房子原来的主人耶米支也是个好人,他为修这房子花了很多钱,在每个卧室里都装上了自来水、电灯,还装了一部电话。我曾经问他:‘您花了这么多钱,以后能赚回来吗?’他对我说:‘乔治,这栋房子要是没有两千英镑的话,我是绝不会卖的。’”

“两千英镑?”阿丽克丝心里一惊,杰拉德明明对她说花了三千英镑。

阿丽克丝不由起了疑心,她无心与乔治交谈,便返身慢慢朝房里走去。

经过一簇花丛的时候,突然,她发现地上有一个暗绿色的小本子,捡起来一看,上面是杰拉德的笔迹。

杰拉德做事非常严格,他总是有计划地去做任何事,甚至严格地规定用餐时间,而且每天都要列好第二天的作息表。阿丽克丝翻看着小本子,忽然看到这么一行字:6月18日,星期三,晚上9点。

"啊,这不就是今天吗,他晚上9点要做什么呢?而且做完了这件事明天就要到伦敦去,这是为什么?"

过了下午茶时间以后,阿丽克丝再也无法安下心来,她烦躁不安,站也不是,坐也不是,总觉得有一股力量一直在诱惑着她。终于,她找了个清理房间的理由,拿起抹布,走进二楼杰拉德的书房。

她屏住呼吸寻找着可疑的东西,她把所有能找的地方都翻遍了,结果什么也没有发现,只有书桌最下面一只抽屉上了锁,怎么也拉不开。

阿丽克丝不甘心,她一看时间,估计杰拉德不会这么快回来,就立刻从楼下的餐具架上拿来杰拉德的一串钥匙,随后对着锁孔一把一把地试。

终于,有一把钥匙在锁孔里转动起来!

阿丽克丝的心"嘭嘭嘭"简直要跳出来,她轻轻地拉开了抽屉,奇怪,里面除了一叠剪报,什么都没有。一定是这些剪报里有名堂,否则杰拉德没必要把它们收藏得这么好。阿丽克丝充满好奇地迅速翻看起来。

剪报内容全是关于一个名叫沙路尔·路梅德的在逃案犯的报道,说他涉嫌杀害了所有被他欺骗过的女人,警方在他住处的地板下面发现了这些受害者的白骨。剪报中,有一张印着案犯的照片,阿丽克丝仔细一看,这人不是别人,正是杰拉德!文章中还有一个受害人证实,凶手的左手掌上有颗黑痣。

阿丽克丝惊呆了,不错,杰拉德的左手掌上正有个小伤痕……

阿丽克丝顿时感到惊恐万分,现在必须马上去找乔治,请求他的帮助,否则她就会成为杰拉德——沙路尔·路梅德新的牺牲者。

一刻也不容迟疑,阿丽克丝急忙把剪报放回抽屉,抽出钥匙。

就在这时,门外传来一阵脚步声,阿丽克丝紧张得像石头那样僵立在那儿,无法挪动半步,她看见杰拉德手里拿着一把全新的铁铲,一边走一边哼着歌,已经进了屋。

阿丽克丝强迫自己镇定下来,装出一副若无其事的样子。

杰拉德说:"亲爱的,今晚9点我们一起到地下室去冲洗照片,怎么样?"

阿丽克丝只觉得自己全身发抖,几乎站都站不稳了,她强打精神,说:"你自己去好吗? 我今天有点累了。"说着,为了掩饰内心的惊慌,她故意走过去,给杰拉德冲了一杯咖啡。

杰拉德说:"不,还是我们一起去吧,我不会让你感到太劳累的。"

"那……我先打个电话,通知他们明天送点菜来。"阿丽克丝镇定地走到电话机旁边,拨通了乔治的电话。

杰拉德微微地笑着,在她对面的椅子上坐了下来,一边看着她,一边喝着咖啡。

阿丽克丝摸到电话听筒上有个小按钮——压下按钮,对方就可以听到自己的声音,一放手,对方就听不到。她灵机一动,立刻想到了一个办法。

话筒里传来了乔治的声音。

阿丽克丝压下听筒上的按钮,说:"我是莺庄的杰拉德太太……"

又放开按钮,说:"明早请你送六块炸牛排……"

按下按钮,说:"来我家,我有重要的事,非常重要……"

放开按钮,说:"是的,明天早上……"

按下按钮,说:"请早一点来,越早越好……"

听起来,阿丽克丝是在谈送牛排的事,实际上乔治听到的是:"我是莺庄的杰拉德太太……来我家,我有重要的事,非常重要……请早一点来,越早越好……"

杰拉德还被蒙在鼓里,喝完了咖啡,说:"不好喝,太苦了,我们还是准备准备,去地下室吧!"

阿丽克丝完全明白"去地下室"对她来说意味着什么,她不知道乔治能不能听懂她刚才电话里的意思,她只觉得自己浑身冰凉,几乎陷入了一种绝望的境地。

而杰拉德却搓着手,眼睛由于兴奋而闪闪发光,似乎再也无法隐藏他那份杀人的喜悦。他走过来,两手抚着阿丽克丝的肩。

阿丽克丝惊叫着跳了起来,急中生智地说:"杰拉德,等……等一下,我有一件事要坦白地告诉你……"

阿丽克丝重新坐了下来,脸上的表情痛苦而沉重。她说:"我从小没有父母,在孤儿院长大,22 岁的时候,我遇到了一个中年人,跟他结了婚,婚后,我说服他投了人寿保险,我是受益人。后来我曾经到医院里工作了一段时间,我知道有一种活性碱,它的功效和毒药相同,但是绝不会留下任何痕迹,我就伺机偷了一点这种药。啊,太可怕了,我实在不想再说下去。"

杰拉德却很着急:"快说吧,我还想听下去。"

阿丽克丝接着说:"丈夫对我很好,每晚我都为他冲咖啡,有一天晚上,只有我们两个人,我就在他的咖啡里放了一点活性碱……"

杰拉德眼睛瞪得溜圆。

阿丽克丝微微笑了一下,接着说:"丈夫死了,我得到了两千英镑。后来我又碰到一个男人,年纪很轻,他不愿投人寿保险,但却为我立下了遗嘱,和我的第一任丈夫一样,他也喜欢喝我冲的咖啡,不久他也死了,我又得到了四千英镑。后来……后来的事,你都知道了……"

杰拉德的脸变得煞白:"咖啡……啊,是咖啡!现在我知道了,刚才的咖啡为什么会那么苦,你这个恶魔,居然敢下毒害我!"

阿丽克丝说道:"对,对,是我下了毒,现在毒性已经发作,你最好别动,不能动。"

这时候,只听房门外传来一阵脚步声。

阿丽克丝眼睛一亮,"嚯"地一下跳起来,箭一般地冲了过去,把门打开。

出现在他们眼前的,是乔治和一群警察……

(彭立成　改编)

光 怪 陆 离

一切朋友都要得到他们忠贞的报酬，一切仇敌都要尝到他们罪恶的苦果。

神秘的按钮

作品改编自美国作家理查·马森的同名小说。全文始终围绕"按钮"展开情节,将人们带进了一个凝重莫测的神秘世界,然而透过这个荒诞离奇的故事,我们得到的启示却是耐人寻味的。

艾玛下班回家,正取出钥匙开门,突然发现门口地上有一个四四方方的红木盒子,盒盖是个玻璃帽儿,里面有一个红色的按钮。艾玛捡起盒子,打开门,走了进去,这时,天已经渐渐地黑下来了。

艾玛把牛排放在平锅里,用温火煎着,随后便坐下来细细地看这个方盒,心里琢磨着:这究竟是怎么回事? 看来看去,突然,盒底一行醒目的字赫然跃入艾玛的眼帘:斯德先生将于今晚八点拜访您。

"奇怪!"艾玛嘀咕了一句,"管它呢!"放下盒子,又继续准备晚餐。

门铃在八点准时响起,艾玛从厨房里答应着走出来。这时,艾玛的丈夫维斯已经回来了,正坐在沙发上看报。

艾玛打开门,只见一个小个子男人摘下帽子,很有礼貌地问:"是维斯夫人吗?"

"是,您有什么事?"

"我是斯德。"

"哦。"艾玛从对方那彬彬有礼的举止和从容不迫的神态上,很快判断出这是一个推销商,他想推销的,正是那只方盒。

"我可以进来吗?"斯德小心翼翼地问道。

"对不起,先生,我正忙着哩!"艾玛显得很冷淡,"我这就把你的那个盒子还给你。"说完,转身要回厨房去取盒子。

"夫人,难道您不想知道那盒子的秘密吗?"斯德在后面追着问。

艾玛转身答道:"不想知道。"

"它可能会对您非常有用。"斯德不紧不慢地说。

"很值钱吗?"艾玛挑衅似地反问了一句。

"很值钱!"斯德的回答非常肯定。

这时,维斯从客厅里走出来,问:"怎么回事?"

斯德不失时机地把自己介绍了一番。

"那么请进来说吧!"维斯热情地邀请斯德进客厅,艾玛只好无奈地跟在后面。

维斯好奇地问:"你这个玩意儿是干什么的?"

斯德从口袋里掏出一个小信封:"喏,这信封里面是一把钥匙,用它可以打开这个玻璃罩。瞧,关键是玻璃罩里面这个红色的按钮。"他停顿了一下,意味深长地扫了维斯和艾玛一眼,又继续说,"如果您用手指按一下这个按钮,那么在世界上某个地方,将会有一个人死掉。作为回报,您将得到五万美元。"

艾玛听得目瞪口呆,维斯则显得怒气冲冲。

斯德朝他们俩微微一笑:"我说的绝对真实可靠,不信,你们可以试一下。"

斯德话音未落,维斯就指着他的鼻子喝道:"你最好马上离开这里。这种不道德的事,你以为我们真会去试吗?"他边说边拿起方盒和那把钥匙,向斯德掷去。

斯德还不死心,慌忙把自己的名片放在桌子上,说:"如果您想和我联系,请打这个电话,我随时恭候。"随后,夺路而逃。

维斯一步冲过去,气呼呼地把名片一撕两半,扔在了地上。

艾玛呆呆地望着斯德的背影出神:"难道你不觉得这是一个心理测试吗?"

"如果是,也是一个缺德的测试。"维斯余怒未消地说。

睡觉前,平时说说笑笑的夫妻俩此时全都沉默不语。艾玛翻来覆去地折腾,维斯伏过身吻了吻艾玛:"晚安,亲爱的,别再想那件事了,好吗?"

"嗯,晚安!"艾玛心不在焉地应了一声。可是,她一闭上眼睛,就会想起斯德说的"五万美元"。五万哪! 真是一个撩拨人心的数字。艾玛叹了口气,好不容易才使自己的心平静下来。

第二天早上,艾玛起床后在客厅的地板上看到那张昨晚被维斯撕成两半的斯德的名片,艾玛心里一动,也不知为什么,就把它捡起来,放进了自己的口袋。整整一个上午,艾玛上班都没了心思,满脑子都是五万美元的影子。终于,午饭后,她憋不住了,小心地从口袋里拿出这张被一撕两半的名片,细心地粘好,然后按上面提供的号码,拨通了电话。

"下午好!"电话那头果然传来了斯德的声音。

"下午好！我是维斯夫人。"艾玛清了清嗓子，似乎有些不好意思，"对不起，先生，我只是好奇。您说，只要一按那个按钮，世界上就会有一个人死去。这是真的吗？"

"当然是真的。"斯德肯定地答道，"可能是任何人中的一个，但绝对不会是您所了解的人，而且您也不会眼睁睁地看着他死去。"

"那么这样就能得到五万美元吗？"

"对，对极了。夫人，您想试一下吗？"

"不，当然不。"艾玛挂断了电话。她只觉得自己心在"怦怦"乱跳。为什么要打这个电话，仅仅是好奇吗？她自己也不知道。

下午下班回家，艾玛一眼看到门口那只昨天被维斯甩出门外的方盒和那把钥匙，她烦躁地上去踢了一脚。可最后，不知怎么搞的，这只方盒和这把钥匙，还是被艾玛踢进了房间。艾玛把它捡起来，拿在手里看了半天，觉得放哪儿都不合适，最后把它放到了橱柜的底层。

晚饭桌上，艾玛对维斯说："亲爱的，你说，关于那个方盒的承诺是不是真的？"

"是真的又怎么样？"维斯反问道，"难道你就为了那五万元钱去按按钮，谋杀某个无辜的人吗？"

艾玛一惊："谋杀？"

维斯认真地点点头："如果不是谋杀，那你又怎么解释这件事呢？"

艾玛不同意维斯的观点："如果你根本不认识这个人呢？如果这个人是距离咱们十万八千里之外，世界某个角落里的一个病危的老人呢……"

维斯一下子显得异常激动："那么，你就去按那个按钮吗？"

"五万美元啊，维斯。"艾玛叫了起来，"这个数目足够让我们去欧洲旅游一次。"

"不,艾玛,我们不能这么做。"

"也足够我们买一套漂亮的房子。"艾玛仍然沉浸在她自己的遐想之中。

"不,我说过了,艾玛,我们不能这么做!"维斯提高了嗓门。

艾玛长长地舒了口气,朝维斯眨了眨眼睛,说:"亲爱的,别紧张,我只是说说而已。"

维斯仿佛不认识艾玛似的,长久地凝视着艾玛,轻轻地摇了摇头。

第二天上午,艾玛早早起来,为维斯做鸡蛋、煎饼、烤面包。维斯微笑着问:"今天搞什么庆祝,起得这么早?"

"什么也不庆祝,"艾玛笑着回答,"我只是想表明,我不自私。"

"我说你自私了吗?"

"没有。不过昨天晚上你好像误解了我,其实我只是梦想我们能去趟欧洲,梦想着我们能有栋漂亮的房子。难道我的想法错了吗?"艾玛说着说着,竟流下了眼泪。

"亲爱的,别难过,"维斯搂着艾玛说,"这一切我们都会有的。"

"什么时候?"艾玛抬起头。

"将来。"维斯充满希望地说。

"又是将来,"艾玛只觉得眼前一片黯淡,"这话我听得耳朵都磨出茧子来了,维斯,这种穷酸日子我真是过够了。"

维斯什么也没说,转身走了。

艾玛神情沮丧,独自呆呆地坐在桌边。五分钟后,她仿佛像做出某项重大决定似的,站起来,走到橱柜前,打开门,从底层拿出那只方盒,把它放到桌子上,随后,又用钥匙打开了盖在上面的玻璃帽儿。红色的按钮一动不动地呈现在她的眼前。

艾玛屏神静气地凝视了几秒钟,随后猛地伸出右手食指,朝那个红色按钮按了下去。"为了我们的未来。"艾玛在心里默默地安慰自己。可是就在按下按钮的一刹那，艾玛只觉得一股寒流袭遍全身，她不禁后怕起来，赶紧把方盒连同钥匙一齐扔进了废物桶里，把手洗了又洗，然后去上班了。

傍晚，艾玛回到家里，一边在厨房里忙着准备晚餐，一边等维斯回家，心里还在想着怎么向维斯解释按按钮的事。这时，电话铃响了。

"是维斯夫人吗？"

"是的。"

"这里是利顿医院。"

艾玛被告知，维斯在一场交通事故中被撞成重伤，送到医院后，因抢救无效而身亡。

艾玛经受不住这个突然打击，立刻昏倒在地，醒来后的第一件事，便是拨通给斯德的电话。

"喂，你这个家伙，你不是说过我不会认识那个人吗？"面色苍白的艾玛嘶哑着嗓子问。

"亲爱的夫人，"电话那一头，斯德的声音依然是那么平静，"难道您以为您真的认识您的丈夫吗？另外，需要提醒您的是，请找一下维斯先生的人身保险，那对您是很有用的，不是吗，正好五万美元。"

听筒从艾玛手里无声地滑落下来……

（王钟玲　编译）

皮箱事件

　　阿布德尔·塞利姆,1929 年生于埃及的罗塞塔。曾在开罗大学学法律,后做了几年收税员,60 岁时,在英国生活了 5 年,为开罗一家周刊的记者。他出版有几部短篇小说集,但他的剧本创作成就更为人们所熟悉。《皮箱事件》是根据他的《丢失的皮箱》改写的,作品具有其一贯的以幽默、讽刺见长的特点,读来颇多回味。

　　拉穆尔公司的青年职员阿默德,这天带着四只皮箱从亚历山大乘火车回开罗。

　　出了车站,他叫了一辆出租车回家,谁知回到家,发现少了一只黑色皮箱。他左思右想,断定那只黑皮箱落在出租车上了。

他想马上去报案,但又一想,也许司机还没发现那皮箱,还是等到明天再说吧。

到了第二天早上,见司机没来,他便来到住地所在区罗达警察局报案。

他走进警察局的值班警官办公室,很有礼貌地对一个埋头写东西的警官说:"早安,先生。"

那警官抬头看看他,说:"什么事?"

"我要报案。"那警官语气很重地说:"隔壁。"

阿默德仍彬彬有礼地问:"请问找哪位?"

那警官生硬地说:"值班警官阿布杜尔。"

阿默德说了声:"谢谢。"就走进隔壁房间,见阿布杜尔警官正坐在办公桌旁。他一见阿默德,忙拿起放在桌子上的警帽戴上,然后用探寻的目光打量着他。当他听阿默德说是来报案的,就抓起一张纸,准备做笔录。待阿默德坐下后,阿布杜尔警官抬头望了他一眼,问:"名字?"

"阿默德·谢费克·拉特菲。"

"职业?"

"拉穆尔公司职员。"

"年龄?"

"32 岁。"

"哪儿出生?"

"埃德莫亚那。"

"哪个区?"

"罗塞塔区。"

"哪个省?"

"布拉海省。"

"现在住哪?"

"阿拉马利克阿拉萨利赫街 28 号。"

阿布杜尔警官问到这儿,停下笔,看着他问:"先生,你报什么案?说简单些。"

阿默德便说了他丢失皮箱的经过。但没等他说完,阿布杜尔警官打断他的话,说:"看在真主的分上请等一下,你找不到那只黑皮箱了,你认为掉在哪儿了?"

"我记得把它落在出租车里了。"

"完了?"

"完了。"

阿布杜尔警官瞪了阿默德一眼,说:"这也叫报案吗?就凭你讲的这些就能找到箱子?你还要多提供一些线索。"

阿布杜尔警官接着一边做记录,一边详细地问起来:"你什么时候从亚历山大回来的?"

"我坐下午四点钟的火车回来的。""箱子的尺寸?颜色?"

"第一只是大箱子,尺寸为1米半×1米,棕色;第二只1米×3/4米,也是棕色的;第三只小一些,半米×半米,黑色的;小皮包是棕色的。"

"丢失的是哪一只?"

"黑色的。"

"里面装的是什么?"

"一件厚大衣、四件衬衫、五条领带,还有一些私人文件。"

阿布杜尔警官继续说:"如果你不介意的话,请再说详细一些,大衣、衬衫和领带是什么颜色?"

阿默德回答说:"大衣是平纹淡灰色,衬衫是白色,领带的颜色各种各样。"

阿布杜尔警官突然摔下笔,说:"什么各种各样?说清楚些,我们有必要了解。"

阿默德只得耐心地回答:"一条是浅红色的,一条是蓝色的,一条是灰色的,还有一条嘛是绿底黄褐色的,最后一条是白色的。”

阿布杜尔警官说:"很好。现在我们转入正题,你搭了辆出租车?"

"是的。"

"什么牌?"

"福特牌。"

"车牌号?"

"4646。"

"你怎么知道的?"

"我习惯记搭乘出租车的牌号。"

"司机的名字?"

"我没问。"

阿布杜尔警官停下笔,想了想,又问:"你什么时候意识到把箱子给忘了?"

"到家后一小时吧。"

"有没有可能丢失在别的什么地方?"

"没有。"

"好,你在这份笔录上签字吧。"

阿默德在笔录上签了字,出了警察局,长长地吁了口气。

一个星期过去了,两个星期过去了,阿默德渐渐把丢失皮箱一事淡忘了。

一天早上,公司经理把他叫到办公室,递给他一张纸条,说:"你念念。"

他接过纸条,念道:"兹就第 215 号冒犯一案咨询事宜,请阿默德先生前来警察局。签训人:阿巴西亚警察局警长。"

经理奇怪地问:"什么是冒犯案?"

阿默德茫然地说:"我……我也弄不清。"

经理说:"你去一趟警察局,回来后马上见我。"

阿默德出了经理办公室，百思不得其解地向阿巴西亚警察局走去。一到警察局，就直奔值班警察办公室，递上传唤他的信，急切地问："请问，这是怎么回事……"

一位胖警官慢条斯理地说："亲爱的先生，很简单，与你上个月丢了一只皮箱的报案有关。"

阿默德欣喜地说："啊，皮箱！你们找到了？"

"没有。"

"那是什么事？"

"因为你说的4646号出租车的车主住在我们这个区，所以罗达警察局把这个案子转给了我们。"

阿默德泄气地问："那又怎么样？"

"我要问你几个问题。"警官说着拿起笔，又像上次一样从姓名、年龄、职业等等边记录边询问起来。问过之后，又让阿默德在笔录上签了名。

谁知一个星期后，经理又把阿默德叫到他的办公室，递给他两封信，第一封写道：

> 请通知阿默德先生前来本局，以便完成对他投诉案的调查。
>
> 阿巴西亚警察局警长

第二封写道：

> 请通知阿默德先生速来本局。
>
> 罗达警察局警长

阿默德看看经理，经理没理他，他就轻手轻脚地离开经理办公室，走上大街，一时不知道该先去哪儿。思考再三，才决定先去罗达警察局。

他来到罗达警察局，直奔阿布杜尔警官办公室，从口袋里拿出传票，递给他。阿布杜尔警官看了看，说："哦——啊——请坐吧。"

阿默德问："你们找我什么事？"

阿布杜尔警官说："没啥要紧事，不要急嘛。"

"我能不急吗？我还要上班，而且还得去阿布西亚警察局。"

"为什么？"

"因为你们把这个案子转到那儿去了。"

阿布杜尔好像才想起了有这事，他"哦"了声，然后对阿默德说，叫他来，是让他看看，他们找到了一件浅灰色大衣，是不是他丢失的。等他从一个小橱子里取出一件衣服，在阿默德眼前颠来倒去让他认领时，他一眼看出不是的。

阿布杜尔听他说不是的，于是，转身回到办公桌前，"刷刷"提笔写道："本案自拉穆尔公司职工阿默德先生来本局报到之日之时记录。对我们找到的那件大衣验看后，声称不是他丢的那件，至此，本案告一段落，由他正式签字。"

阿默德真是啼笑皆非，急忙拿起笔签了字，问："完了吗？""完了。"

阿默德听说没事了，忙一看手表，已经快12点了，急忙转身出门，一扬手，乘上一辆巴士，赶到阿巴西亚警察局。

他径直走进值班室，看到那个胖警官，问道："这次又是怎么回事？"

胖警官依旧慢条斯理地说："事情有点复杂了。"

他边说边把文件夹挪到面前，从里面抽出一份报告，说："是这么回事。我们传唤了4646号出租车司机，他讲他那天没有上班，而且还提交了那天他修车的证明。"

胖警官说："我请你来的原因，是想再问一下，你有没有可能把车牌号给弄混了？"

阿默德肯定地说："不可能，我清楚记得是4646号。"

胖警官说："有没有可能是6464、4664或6446号？"

"不可能吧，我清楚地记得每个4字后面是个6字。"

"有没有可能是6464号？"

经胖警官把数字颠来倒去一说，阿默德的脑子给弄混乱了，他犹豫不定地说："有可能吧。"

"什么有可能？"胖警官追问着说，"到底哪个号码更有可能？"

"我搞不清楚了，就算是6464吧。"

"好吧，根据你改正的车牌号，我们再次立案调查。"

于是，胖警官又作了笔录，并让阿默德签了字。

经这么一折腾，已是下午两点半，上班时间早过了，阿默德只好回家。

此后，平静了一个星期，当阿默德把丢失皮箱的事快忘掉时，经理怒气冲冲地把他叫进他的办公室，厉声说："阿默德先生，你的事情还有没有个完？你那个冒犯案到底啥时结束？"说完，把一张小纸条掷到阿默德面前，"你念念！"

阿默德颤巍巍地接过纸条，念道："英巴巴警察局通知：请阿默德先生速来本局，就有关冒犯一案查询几个问题……"

阿默德念不下去了，呆在那儿，用乞求的眼光看着经理。

经理神情严肃地问："到底怎么回事？先说是罗达警察局，然后又说在阿巴西亚警察局，如今怎么又冒出个英巴巴警察局？"

阿默德委屈地小声嘀咕道："先生，您好像认为我做错了什么？可我……"

经理不耐烦地挥手说："好了好了，别说了，你快去一趟警察局，把这个事给了结了。"

阿默德拖着沉重的步伐出了公司,叫了一辆出租车,来到英巴巴警察局。他窝了一肚子火,冲进值班警官办公室,把那张纸条递给一个瘦警官。

瘦警官冷冷地说:"你是阿默德吗?"

阿默德也冷冷地回答:"正是本人。"

瘦警官慢慢打开面前的文件夹,问:"上个月你到罗达警察局报了案,是吗?"

"对。"

"然后你又去阿巴西亚警察局,说车牌号不是4646而是6464号,是吗?"

"对。"

"你一会说车牌号是4646,一会儿又说是6464,我必须弄清楚,你还会说出别的什么号码来。"

阿默德不耐烦地问:"你到底要问我什么?"

"我要从头问起。"瘦警官从办公桌抽屉里取出几张纸,一边准备记录,一边开口问:"你报什么案?"

阿默德说:"我不报什么案,我没丢东西。"

"什么?"

"我没丢皮箱。"

"什么意思?"

"我是说我从亚历山大回来时带的四只皮箱,都完整无损,一个不少的都在。"

"请等等。你曾在罗达和阿巴西亚警察局报的案中,明确讲你丢了一只——"

"不对!"他打断瘦警官的话,斩钉截铁地说。

"这不是你的签名吗?"瘦警官把他过去签过字的报告往他面前一推。

阿默德说:"是我的签字。我作为那只皮箱的主人,正式告诉你,没有谁从我手上偷走东西。"

"那这些证词又是怎么回事?"

"是个错误。"他继续一字一句地说道,"先生——警官,我那四只皮箱安安全全地搁在家里,没有人从我手上偷走什么东西。"

"好吧。"瘦警官不再问下去了,他伏案疾书如飞地写着字,写好后,抬头看看阿默德,说:"请签字吧。"

阿默德气得实在一秒钟也不愿多呆,他连看也没看,顺手签了字,说:"完了吧,你不介意的话,我就走了。"

瘦警官威严地问:"你想上哪儿?"

阿默德不屑地说:"上班呀! 事情不是完了吗?"

"完了?"瘦警察朝门外喊了一声,"穆罕默德警官!"

随着声音,一个警官出现在门口,举手向他敬礼。

瘦警官一指阿默德说:"请把这位先生带下去!"

阿默德惊恐地问:"带我上哪儿?"

那瘦警官不理他。他急忙看他刚才写的,只见经他签了字的纸条上写着:

　　将此人移送回他那个区的罗达警察局,以便对他骚扰政府机关罪加以讯问,并按刑法第135条处理。

阿默德嘴里大喊一声:"天哪!"差点当场厥倒……

(霍革军　编译)

严格按规定办

　　安东尼·马尔斯(1938—)，美国当代作家。早年从事教育工作，后转向文学创作，尤以短篇小说著名。他的作品常以滑稽甚至荒诞的故事来揭示现实社会的不合理性，带有"黑色幽默"的色彩。本故事根据他的同名小说改写，具有其一贯的滑稽乃至荒诞的色彩，读来颇有回味。

　　潘帕里奇是美国旧金山一家银行的职员，他是英国人，长得矮小结实，鼻梁上架副老式眼镜，看上去文质彬彬。可前不久，在一次捕捉抢劫犯的战斗中，他机智而敏捷地跳上窗台，翻过栏栅，一下就解除了那家伙的武装，整个过程干得干净利落。因此，潘帕里奇在同事们心目中成了英雄，记者也纷纷前来采访。

　　然而,银行经理却对他的行为非常不满。这天,潘帕里奇向经理建议加强银行保安的战斗力,不能坐视歹徒为所欲为。可经理却严肃地说:"你听着,潘帕里奇先生,我和董事会都认为,我们要做的,只是我们能够做的那些事情——严格按规定办,懂吗?"潘帕里奇争辩道:"但是,先生,请您想一想,上次不是……"

　　经理不耐烦地打断他的话说:"上次你的行为是值得赞扬的,而你也是太……太走运了,幸亏那家伙的手枪没上子弹,否则后果就不堪设想!"

　　"不过,我有足够的防卫经验,我曾是皇家工程师协会的先锋队员……"

　　经理一听,气恼了,大声告诫道:"你要记住,我们的任务是进行银行业务,不是去抓捕银行抢劫犯! 我们的目的,就是赚钱,只要我们以正常的方式办银行,就会不断地吸引顾客。如果让人家感觉到,我们把银行变成了打靶场,那谁还愿意再来呢?"

　　说到这儿,经理用拳头撑着写字台站了起来:"所以,我不想再看到英雄行为。如果你再遇到一个歹徒手里拿着手枪进来,向你索取保险柜里的钱款,你就把钱都给他! 潘帕里奇先生,这是对你的命令,你务必遵守!"

　　经理说到这个份上,潘帕里奇再也无言可辩,他突然来了一个立正的姿势,举手行个军礼:"是,先生!"

　　经理摇摇头,说了声:"我不喜欢你这种幽默感。"便走了。

　　这次谈话后,过了一段平静的日子。一天上午,银行的业务大厅里顾客很少,显得冷冷清清的。突然,潘帕里奇看见一个人走进来,只见他戴着一顶宽边礼帽,穿着一件肥大的风衣,右手以拿破仑的方式放在风衣里。从他这副打扮和神态中,潘帕里奇便察觉此人来路不正。

　　此时,潘帕里奇的窗口正空着。他面带笑容,朝那人眨眨眼睛,好像在邀请他。那人走了过来,把一个亚麻布口袋放在窗口上,并尽可能地遮住自己的嘴和鼻尖,以掩盖其真面目。他的右手从大衣里伸出,正好让潘帕里奇能够看到左轮手枪的子弹匣。

果然是个抢劫犯。但潘帕里奇仍是一副若无其事的样子,不露声色地问:"先生,我能为您做些什么?"

"别啰唆,"那家伙恶狠狠地压低嗓门说,"把你所有的钱都装到袋子里,要快!""是,先生,我总是努力为那些懂得业务的顾客服务的。"潘帕里奇一边说着,一边接过口袋,迅速往口袋望了一眼,便从保险柜里拿出钞票,慢慢地往亚麻布口袋中放,嘴里还轻轻地吹着口哨。

那家伙急速地环顾了一下四周,说:"不要吹口哨!"说着,就伸手去拿麻布袋。潘帕里奇却紧紧抓住袋子不放,说:"请原谅,先生,我还没有办完呢。上面对我的指示是:如果有像您这样的绅士到这儿来拿钱,我应该毫无保留地把钱统统交付给你。先生,我总是不折不扣地执行上级对我的一切指示。"

那家伙瞪了他一眼:"不要油腔滑调!快把麻布袋拿来。我在这里的时间已经太长了。"潘帕里奇依旧慢条斯理地说:"先生,太遗憾了。我是在英国威尔士顿桥出生的,后来进了鲁比中学,我的音调……"

那家伙火了,低喝一声:"住嘴!快把麻布袋交给我!"说着,他探身向前,把左轮手枪抽出了大衣口袋,枪口对着潘帕里奇。

面对手枪,潘帕里奇毫不理会,他仍从容地继续说:"先生,我对您还有特别的报酬——您一定还需要一些零用钱吧?"说着,他又打开上面那个抽屉,双手捧出了一大把硬币扔进麻布袋里,然后把袋子抖了抖,把硬币抖到袋子底下,又细心地把袋口扎上。可是,由于窗口太小,塞满钞票的麻布袋送不出去。

这时,潘帕里奇透过玻璃门,看到一部汽车停在人行道旁,司机正神情紧张地向银行里窥探。他又故意说:"先生,这么重一袋钱,你得雇辆车呀!"

歹徒说:"这与你无关,快把麻布袋给我!"

"让我提个好建议吧,先生。你要若无其事地走出去,好像什么事情也没有发生。"潘帕里奇边说边把麻布袋从栏栅上边递了过去。

那歹徒接过口袋,迅速离开银行。他一出门,汽车就发动了,一踏上车,汽车立即飞驰而去。

歹徒一走,潘帕里奇悠闲自得地穿过大厅,走向铺有地毯的业务接洽处,并且像军人一样笔挺地站在经理面前,说:"我想向您报告,经理先生,我已经严格按照您的指示办了。"

经理不耐烦地说:"你没看见,我正在忙吗?"

潘帕里奇依然挺立着,说:"我必须现在就向您报告,不能拖延,一分钟也不能拖延,先生。几秒钟前那个急急离开银行的人,是一个抢劫犯,他侵袭了我,我严格地按照规定办了,把所有的钱都交给了他。"

经理一听,"噌"一声跳了起来,又"噗"地跌倒在写字台上,大声嚷道:"哎呀! 糟啦! 你为什么还站在这里? 还不赶快打电话向警察局报告!"他边说边急忙把潘帕里奇推到电话机旁……

不一会儿,两个警察赶到了银行,向潘帕里奇了解情况。潘帕里奇不紧不慢地叙述了整个事件发生的经过,警察和经理听了,全都惊奇地张大了嘴,盯着他。

警察问:"潘帕里奇先生,你是不是想说,你把那家伙足足拖延了五分钟,却没有一个人察觉到这里在发生什么?"

潘帕里奇说:"我尽了最大的努力,才没有引起人们的注意。"警察惊奇地问:"为什么?""这是规定,我不愿意担风险,也不愿让任何人受伤,因为那家伙有一支重型左轮手枪。"警察不解地问:"你在数月前曾经解除了一个银行抢劫犯的武装,可这次……"

潘帕里奇说:"警察先生。因为我已得到严格指示,不许再那样做啦。"

这时候,一名银行女职员走过来,叫警察去听电话。经理一言不发地凝视着潘帕里奇,脸上流露出复杂的神情。

警察接了电话回来后,很激动地说:"那两个家伙已经被逮住了。潘帕里奇先生,看来你采取的方式很正确,因为那家伙的手枪已经上了子弹。"

潘帕里奇平静地说:"这我知道,但我很有把握地断定他不会开枪。""你知道那两个家伙还随身带着一颗炸弹吗?"潘帕里奇说:"那小子没有对我提到它。我想那可能是定时的小炸弹吧?"

警察说:"对,是个小炸弹,是放在麻布袋里的,在汽车上大概是掉了下来,爆炸了。现在,那两个家伙已经躺在医院里,他们好像中了霰弹片,体内被击进了许多硬币。"

听了警察这番话,经理惊奇地望着他的职员。但是,潘帕里奇却仍然像个军人,笔直地站在那里,当他听到这个消息时,好像是意料中的事,甚至连眼睫毛也没有动一下。

(魏　跃　改写)

追捕老人的人

　　迪诺·布扎蒂（1906—1972），意大利当代著名小说作家。生于贝卢诺市，大学时代在米兰攻读法律，曾担任过《消息日报》的主编。布扎蒂擅长短篇小说的创作，出版过很多集子，其中《短篇小说60篇》获1958年度斯特雷加文学奖。布扎蒂的小说创作倾向于超现实主义派，他往往通过神秘、荒谬的故事，勾画出人们的惶恐、沮丧心理。《追捕老人的人》反映了作者独特的创作风格，故事虽然荒诞，但含义却非常深刻。

　　西方有一个国家，有一段时期出现了一个严重的社会问题，那就是年轻人特别痛恨老年人，年轻人把自己的不得志、忧郁、幻想破灭等等社会问题都归罪于老年人。在"年龄就是罪恶"的口号下,年轻人头脑发热了,每当夜幕降临,成群结帮的年轻人就四处活动,逮住一个老人,就对他饱以拳脚,剥光他的衣服,用鞭子抽打,用油漆涂在他身上,然后把他绑在树杆上或灯柱上。更有甚者,当他们兽性发作时,马路上就会见到血肉模糊、无法辨认的尸体。

在这样的情况下,一到夜里,老年人都是无所事事地呆在家里。罗贝尔托也是如此,他是一家小工厂的经理,今年已经46岁了,按那帮年轻人的看法,他也是老年人了。这天晚上,他想抽烟,但下班时偏偏把烟盒给弄丢了,害得他坐立不安,在屋子里团团转。

罗贝尔托想出去买烟,可在镜子里瞧见自己灰白的头发,心里又有些害怕,他强忍着,极力不去想它。可是不行,那烟瘾就像一只只小爬虫,不停地在喉咙口蠕动着,搅得他一刻也不得安宁,到最后,他终于鼓起勇气,大步走出门去。

罗贝尔托把汽车悄悄地停在一家酒吧处,见四下无人,便快速地下了车。罗贝尔托买了香烟,刚走出酒吧,就听到一声很长的、令人魂飞魄散的口哨声,这是小流氓发起战斗的冲锋号!随即就见七八条黑影闪电似的向汽车冲来,他们嘴里还不住地吼叫着:"上,干掉那个老家伙!"

此时夜阑人静,那一阵阵吼叫声显得特别的阴森可怕,睡梦中惊醒的居民们吓得胆战心惊,他们知道又有一个老人要遭殃了,但他们无能为力,只能在家里为遇难者祈祷。

罗贝尔托从极度的惊恐中清醒过来,他估量了一下眼前的危险,要想躲进汽车里已经来不及了,于是一转身,就想退回酒吧,但就在这一瞬间,酒吧的铁门猝然落下。罗贝尔托惊出一身冷汗,他声嘶力竭地喊道:"开门,快开门,救救我!"可是,里面一点响声都没有,显然他们是怕受到牵连。

明亮的路灯下,七八个家伙恶狠狠地朝罗贝尔托围过来,他们好像有绝对的把握能将他擒住。其中一个高个儿，剃着短平头，穿着一件深红色的毛衣，胸口绣着一个醒目的大写字母"R"。罗贝尔托心里一沉，他知道，这是流氓头子塞尔乔·列果拉的名字缩写，好几个月来，报纸上一直提到他，说他曾亲自动手，凶残地处置过几十个老人。眼下要想活命，惟一的办法只有冒险了！罗贝尔托猛地纵身一跃，径直朝他们冲过去。

这一招他们显然没有料到，罗贝尔托很轻易地冲出了包围圈。但很快，右边又有一个壮实的年轻姑娘朝他扑过来，那姑娘手里握着一根很粗的皮鞭，嘴里大喊着："站住！站住！你这个老混蛋！"可是罗贝尔托冲劲正猛，姑娘还没来得及挥鞭子，就被撞翻在地。

罗贝尔托还算得上是个灵活矫健的人，他左躲右闪，使出吃奶的力气向灯光暗淡的游艺场跑去，不久，就躲进了游艺场的黑暗处。

后面那伙人在塞尔乔·列果拉的指挥下，也逼近了游艺场。这时，有个同伙对列果拉说："头儿，我想跟你说件事。"列果拉转过头，问道："埃托列，你有什么事？"那个被叫作埃托列的像是被鱼骨头鲠住了喉咙，吞吞吐吐了好半天，才说："但愿我是搞错了，不过我总觉得那老家伙像是我的老子。"列果拉一听可乐了："太棒了，想不到那蠢猪是你爹，怎么，你喜欢他？""不，不，他是个傻瓜，老是唠叨个没完，只是，我总觉得……"

说话间，同伙们都围了过来，那个手拿皮鞭的姑娘轻蔑地嘲笑道："你是个胆小鬼，真丢人呐。"还有人说："这老头要是是我爹，你瞧吧，我会觉得更有意思的。"这时，列果拉开口了："别多说了，快去把那老头揪出来！"

此刻，罗贝尔托紧张得心都到了喉咙口，他紧缩着身子躲在一个大布篷的旁边，大布篷里面可能是个小型的马戏团，在不远处有一辆大篷车，一个小窗子亮着灯。罗贝尔托正想着如何摆脱困境,刺耳的口哨声又响起来了,这时大篷车里传出一阵脚步声,接着,一个漂亮的女人出现在大篷车的小门口,探头朝这边望着。罗贝尔托赶紧从那不保险的藏身处走出来,轻轻说:"太太,求求您让我进去,有人在追我,他们还要杀我!"那个漂亮女人一听,连连摇头:"不,我们可不想自找麻烦。"罗贝尔托再次哀求道:"太太,如果您能救我,我给您许多钱财。""不,不!政府都睁一只眼闭一只眼,我们更不敢管了。"漂亮女人说完,就随手关上门,又插上了门闩,最后把灯也灭了。

四下里一片静寂,既没有人声,也没有脚步声,流氓们好像放弃了追捕。罗贝尔托慢慢地站起身子,小心翼翼地尽量不发出任何声响,他想趁这个机会赶紧脱身,谁知才朝前走了几步,就见一个黑影挥舞着棍子向他扑来。罗贝尔托来不及多想,身子向上一跃,挥拳朝那人的下巴击去,随即听到低沉的断裂声,那人痛苦地惨叫一声,重重地倒了下去。罗贝尔托定神一瞧,不由得倒吸一口冷气:这不是自己的儿子吗?瞧着儿子那张痉挛的脸,罗贝尔托好不心痛,赶紧弯腰去扶,"埃托列,你没事吧?"儿子想挣扎着爬起来,但几次努力都失败了,他只得挥挥手,看那意思是叫父亲快逃。

这时,又有三四个黑影从边上窜出来,他们很快发现了目标,都兴奋地喊起来:"他在这,他在这儿,狠狠揍这老家伙!"

罗贝尔托不能再耽搁了,他又一次发疯似地跑起来,从一块阴影跳到另一块阴影,突然,一个金属器具从侧面飞来,正巧打在他的太阳穴上,罗贝尔托只感到一阵昏厥,"扑通"一声倒在地上。

"打中了,打中了!"流氓们一阵欢呼,又冲了过来。求生的欲望使罗贝尔托又一次站了起来,神奇般地朝前狂奔。他沿着一个小山坳跑下去,然后不顾一切地涉水过了河,可是他每次回头,总看见身后跟着三四个流氓,他们不时朝自己挤眉弄眼,那神情仿佛是猫在戏弄老鼠。

罗贝尔托用尽最后一点力气，艰难地爬上山坡，攀上一座很陡的碉堡，此时，天边露出了鱼肚白，但一切都已晚了。罗贝尔托精疲力竭，血一滴滴从脸上流下来，由于极度的恐惧，他的心脏已经相当衰弱，罗贝尔托现在是真正的绝望了。

终于，列果拉带着手下的人爬了上来，他的那张小白脸露出了得意的奸笑，盯着罗贝尔托看了好久，才抬抬手，从年轻姑娘手中要过鞭子，很神气地举起来。罗贝尔托一步步朝后退着，退着……突然，他一脚踩空，顿时整个身子向后倒下去，"骨碌碌……"人滚下布满石块和荆棘的陡峭山坡。很快，人们听到一个物体坠地的响声，接着又传来一声撕人心肺的惨叫。

列果拉响亮地挥了一下皮鞭，对同伙们说："好了，那老头受到了应有的处罚。现在大家都离开这里，要不然警察来了又要啰唆。"于是，那帮流氓们分成小股下了山坡，他们一路走，一路手舞足蹈地评论着这次追逐，感到很刺激，别的老头儿可从来没让他们费过这么大的劲，同时他们也感到疲惫不堪。

列果拉和那个年轻姑娘一起走，不久就来到灯火辉煌的广场，他们拥抱在一起，想亲热一番，可就在这个时候，两个人都惊恐地睁大了眼，相互仔细地打量起对方。姑娘首先忍不住了，胆战心惊地问："你、你的头发怎么全白了？"列果拉也气急败坏地喊道："天哪，你怎么也成了老太婆？"

姑娘"啊呀"一声狂叫，捂着脸跑了。列果拉心里也是狂跳不已：这种情况是从来没有过的呀？他赶紧走近一家商场，对着玻璃橱窗照起来：从玻璃里，列果拉清楚地看到一个男人，五十多岁光景，眼皮和面颊都已松弛，背也有些弓了。他试图让自己笑一下，可是一张嘴，就见少了两颗牙齿。

就在列果拉惊恐万状的时候，从广场对面窜出七八个小伙子来，有人吹起了一声长长的、令人毛骨悚然的口哨，冲锋号吹响了,小伙子们高喊起来:"上,干掉那个老家伙!"

面对险情,列果拉只有拼命地奔跑,但很快就气喘吁吁了。原本他的青年时代可以延续下去,可是由于他的极端残忍,他的青春年华一夜之间就消耗尽了,现在他成了老人,这一次他成了年轻人追捕的人!

（张　芜　改写）

可恶的虚伪

本故事根据日本作家赤川次郎的中篇小说《善人村的祭奠》改写。此作情节惊险曲折,手法夸张,富有哲理,给读者以艺术享受和启示。

有一年岁末,警长小岛和妻子夕子到温泉去度新年。他俩乘上火车,风驰电掣地往温泉开去,不料半途山体滑坡,阻塞铁路,火车只得停驶。

眼看铁路一时难以修通,小岛为此感到懊恼。就在这时,突然有个人拍了拍他的肩膀:"警长,你好!"小岛一看,此人叫植村,与自己同在一个局里工作,因为两人不在一个部门,平时接触不多,植村给小岛的印象是个朴实忠厚的刑警。

　　两人寒暄过后,植村建议道:"到我们善人村去过年吧!那儿风景美丽,待客热情,决不比温泉差。"小岛征求夕子意见后,接受了植村的邀请,于是一边取行李准备下车,一边向植村打听村名的来历。

　　植村介绍道:"我们村坐落在深山里,四面环山,树木茂密,像个世外桃源,村里人淳朴善良,和蔼可亲,从不发生纠纷,一人有难,大家帮助……"

　　小岛插嘴:"哦,听起来倒像中国古典小说里的'君子国'!"小岛说了这话,忽然见对面座位上有位穿皮夹克的年轻人两眼望着他,当小岛的视线与他相对时,那年轻人立刻把脸转向了车窗外,小岛心里一个"咯噔",不免觉得有些奇怪。

　　三个人下了火车,在植村带领下绕过坍方地段,走了一段路,来到前方一个小站,那儿有个老人正坐在马车上等待植村。老人见来了客人,立即跳下马车,热情相迎,待大家坐好后,马车便向山里进发。

　　这时天渐渐暗下来,山风习习,寒气袭人,夕子冻得直打喷嚏,赶马车的老人当即脱下身上的大衣,定要夕子穿上,夕子感到盛情难却,连连道谢后穿上了。大衣带着老人的体温,夕子心里顿觉热乎乎的,她第一次感受到善人村村民的热情和温暖。

　　大约半夜时,马车到达善人村,六十多岁的村长热情地欢迎小岛和夕子,还特地在"公民馆"举行接风宴会,席间宾主频频举杯,满屋欢声笑语。

　　饭后,村长邀请他俩到他家里住宿。村长夫人名叫君代,是个三十来岁、长得很美的女人,由她亲自引小岛和夕子登上二楼,把他俩分别安顿在两个干净的房间里。

　　小岛一个人睡下后,觉得又冷又寂寞,正想叫住在另一房间的夕子过来同睡,就在这时,听到有人上楼的脚步声,他赶忙把刚伸出的半个身子缩进被窝。

一会儿，房门开了，只见村长夫人君代穿着睡衣走进来，微笑地对小岛说："先生，一个人睡，一定很冷吧？我来陪陪您。"说着，便跪下解腰带。见这情景，小岛惊得不知如何是好。君代很快脱下睡衣，露出雪白的肌肤和丰满的胸脯，利索地钻进被窝。

小岛吓得急忙坐起来，结结巴巴问："你、这是……什么意思？"

君代不慌不忙地回答："这是我们村迎接客人的规矩。怎么，您对我不满意吗？"

小岛正尴尬，房门被推开了，夕子眯着眼走进来，睡意蒙眬地说："小岛，好冷……我跟你一起睡吧！"君代见了夕子，赶紧从被窝里爬起来，披上睡衣溜了。

君代一走，夕子睁眼说："我要不来，你就和村长太太睡在一起了。奇怪，他们怎么这样招待客人呢？"

小岛咕哝道："听说爱斯基摩人过去有这样的风俗……"

第二天上午，小岛和夕子在村里游逛。小村群山环抱，溪流潺潺，风景很美。村庄中心有一个小广场，一群男人正在那儿干活，他们用两米长的木板子围成直径十米的围栏，四周搭起阶梯式的看台，像是为举行新年庆典准备的。小岛和夕子沿一条小路登上后山，穿过一片绿树林，来到一处足有五十米高的悬崖边。

两个人正在观赏这令人心悸的悬崖时，突然从背后闪出一个穿皮夹克的青年。小岛定睛一看，认出此人就是在火车上坐在对面座位上的那个人。青年很有礼貌地朝小岛鞠躬道："对不起，打扰您了。我叫三木，在火车里好像听说先生是警长，我想告诉你一件事：一年前，我那当记者的哥哥死在这里。警察局说是自杀，但我不信。我接到他死前写给家里的信，说善人村生活非常开心，晚上有漂亮的太太陪睡，他怎么可能自杀呢？"

凭职业习惯，小岛详细询问了三木后，才告别回村。而三木不肯进村,继续留在山上。

小岛和夕子回到村子里,忽然看到一处屋檐下坐着一个年轻女子,只见她长长的头发披盖在瘦削的脸上,衣服像乞丐一样又破又脏,眼神幽灵似的闪着光。小岛和夕子感到奇怪:善人村怎么会有这样无人关心的可怜人呢?

回到住处,吃过午饭,小岛和夕子在屋里议论上午碰到的怪人怪事。夕子无意间走向窗口,突然发出一声惊呼,小岛立即冲过去一看,只见窗下站着刚才碰到的那个脏姑娘,此刻她正目光炯炯地望着窗口,一副关切和焦急的神情,与上午的呆板相比判若两人。她似乎想说什么,又怕被人听到,显得惶恐不安,忽然她捡起一根树枝,急急在地上写了三个大字"会被杀",接着赶紧用脚擦掉,转身匆匆走了。

小岛和夕子惊疑不定,他俩似乎感到了善人村潜伏着威胁!为了避免束手就擒,小岛决定下山向警察局求援,留下夕子找脏姑娘摸清底细。

当小岛找到村长,还没说到正题,只见一个村民慌慌张张跑进来,见小岛在场,愣了一下,才附在村长耳边不知说了什么……

村长表情严峻地告诉小岛,树林里死了个过路人,得去看看。小岛灵机一动,要求同去,村长答应了。他们出了村,上了山,走到上午小岛去过的绿松林里,一看那躺在地上的死者,竟是三木。三木咽喉处裂开一个大血口,很显然,是被人杀害的!

小岛又惊又怒,但他没有显露出来,他大脑急速飞转,得体地要求送尸下山,让死者亲人认领。出乎意料的,村长竟立刻同意了。

下山前的晚餐十分丰盛,菜上了一道又一道,还有在东京都难以吃到的优质牛排。饱餐之后,小岛和两个村民赶着马车运尸下山。小岛坐在马车上,凝神观察着前方道路,突然脑袋被重重一击,"轰"地一下,就昏了过去。

等小岛醒过来时,还感到眼前直冒金星,后脑勺火辣辣地疼。他睁开眼睛,就着昏暗的灯光,发现自己躺在一间小屋的地上,身边躺着还昏迷未醒的夕子。

小岛叫醒夕子,夕子告诉他,她也是被打昏后送来的。两人意识到目前处境十分危险,这个村是用对待死囚的办法对待他们——给你吃好,玩好,然后……

这时门开了,植村走进来。小岛像见到救星似的急忙叫起来:"植村,快救我们!"

哪知植村紧绷着脸,两眼射出怕人的光,突然举起手中的猎枪,对准小岛命令道:"不准动!"

小岛愤慨地问:"你这是干什么?"

植村冷酷地说:"你们是祭品,快要升天了。你们升天后,上苍会保佑我们村不遭灾难,兴旺发达!"

"胡说!植村,你骗我们来善人村,原来是要害我们。可是别忘了,你是刑警!"

"刑警怎么啦?刑警也是人。作为善人村的子女,他要服从善人村的传统习惯。环境对人的影响是决定性的!你们见到村里的疯姑娘了吧?她的未婚夫在东京上大学,回村后竭力主张废除杀人的祭祀,村里人被他说动了心,那一年没有杀人,不料第二年便遭水灾,山洪冲走了五六个村民。大家认为这是上苍对废弃祭祀的报复,于是就找那个大学生算账,逼他跳了悬崖,姑娘也发了疯……"

"因此,你就死心塌地当杀人帮凶?"小岛嘲讽地说,"你们就不怕警方发觉吗?"

植村"嘿嘿"一笑,得意地回答:"人死了,我们就报意外死亡,被狼咬死的,失足落崖的,这儿的警察局从不怀疑。比如昨天死的那个年轻人,我们报被狼咬死,其实是我们杀死的,谁叫他来调查他哥哥的死因呢?"

这时响起公鸡报晓的声音,植村朝窗外看了一眼,说:"时间到了,请不要恨我,我们已经尽最大努力招待你们了。"

这时,进来两名壮汉,植村命令道:"先抓女的!"一个壮汉走上前,老鹰逮小鸡似的架起夕子就走。小岛跳起来阻拦,被另一个壮汉一拳击倒在地。与此同时,村里"咚咚咚"响起了恐怖的击鼓声,鼓声一停,欢呼声响彻云霄。

小岛急红了眼,正要冲向前与植村拼命,植村突然"哼"一声倒在地上,背上露出一把尖刀的刀柄。小岛一看,啊,原来是那个装疯的姑娘闯进了小屋,指着植村对小岛说:"把我未婚夫推下山崖的就是他,你快逃走!"

"不,我要去救我的妻子。你会驾马车吗?"

姑娘说:"会!"

"太好了!请你把村里的马车赶到下山的路口,等我救出我的妻子,我们就一起逃下山!"

姑娘走了,小岛抓过植村的猎枪,便向围栏跑去。

小岛远远望见夕子被押着绕坛示众,急得心都要跳出胸膛了,他脚步如飞地向前奔去。此时,全村人坐在看台上疯狂呼喊,以发泄一年来积压的不满和憎恨。当小岛赶到时,夕子已被押进通道,推进圈里,村民们正全神贯注地看着夕子,谁也没发觉端枪的小岛溜进通道。

小岛打开木门,顿时紧张得发抖,只见一头大灰狼正龇牙咧嘴地嚎叫着向夕子进攻。村民们齐声狂呼:"咬死她,咬死她!"夕子顽强地用皮靴狠踢恶狼,保卫自己。

小岛抑制住激动,端枪瞄准恶狼,可是人与狼绞成一团,使他不敢贸然开枪。突然夕子跌倒,恶狼纵身扑到她身上,张开大嘴就咬。在这千钧一发之际,只听"砰"一声枪响,恶狼脑袋开花,鲜血与脑浆迸飞……

夕子绝处逢生,扭头一看是小岛,立即爬起来,紧随小岛穿过通道,向村口奔去。

村民们见了大惊,顿时"轰"全站起来,怒吼着,犹如一片汹涌的波涛,向他们的"逃犯"追去。

小岛边逃边回身射击,阻止了追兵的速度,终于和夕子冲到村口,跳上了姑娘驾驭的马车。姑娘把缰绳一收,一声吆喝,马车便如飞地下山,向目的地警察局奔去……

小岛回头望着越来越远、越变越小的善人村村民们,感慨万分地自言自语:"可恶的虚伪!伪装善良的残暴实在太可怕了……"

(杨承烈 改写)

秘密行动

　　故事源自日本小说家佐野洋的作品,随着情节的层层展开,检察官的伎俩暴露无遗。小说在悬念组织和人物性格刻画等方面,有独到之处。

　　时川和市原都是某地区检察厅的检察官,他们俩既是同事,又是朋友,若论工作能力,简直不相上下,所以,都深得上司的器重。

　　这天下班,时川刚要走出大楼,市原从后面急匆匆奔上来,拍了一下他的肩膀:"有件事必须赶紧告诉你,"市原在时川耳边轻轻说了一句,随后打了个手势,"请稍等一会儿,我忘了穿大衣,这就去取,我们一块走。"

"什么事,这么急?"时川说,"我正要去势子那儿,明天说不行吗。"

"去势子那儿?"市原一听时川要到势子那儿去,声音压得更轻,"这件事和她也有关,反正越早告诉你越好,拖下去要误事的。"

"那,好吧。"

市原回办公室取大衣去了,时川在楼门口等他,心里不由一阵阵发毛:和势子有关,究竟会是什么事呢?

这个势子,就是地区检察厅首席检察官的女儿,时川和她已经订了婚,明年开春就要正式举行婚礼。时川和势子结婚,不光是因为势子长得漂亮,更因为这样一来,他和首席检察官成为翁婿关系,那么今后肯定前程似锦。现在,眼看美梦就要成真,会出什么意外呢?

时川正焦躁不安地猜测着,市原披着大衣出来了,两人并肩走出检察厅的楼门。

"什么事?"时川迫不及待地问。

"你还记得秋岛月代这个名字吗?"

"啊,这……"时川猛地停下了脚步。

时川和市原曾是大学同学,读书时两人常去学校附近一家叫做"毕加索"的茶馆喝茶。在那里,时川结识了一名漂亮的女服务员,她的名字叫秋岛月代。毕业前,时川和秋岛月代实际上已经同居了,可是后来,时川考上了法官,在这个决定他未来命运的时刻,他便甩掉了月代,瞒着她悄悄搬走了,而且从此再也不在这家茶馆露面。这件事,当时只有市原一个人知道,时川以为旧事再也不会重提,谁知此刻市原会突然提起,时川紧张得心里"噗噗"乱跳。

"她怎么了?"

"啊,她今天被送到我们检察厅来了。"市原语气显得十分沉重。

"啊……"时川不由倒抽一口冷气。

"是的,"市原说,"她不仅自己卖淫,而且还教唆了四个年轻人。虽然她用了'野口美代子'这个名字,但我还是认出了她,没错。"

"……"时川把脸转向市原。

市原十分同情地看了他一眼,说:"我怕她再被审讯时会对记录的事务官说'时川怎么样'之类的话,那就麻烦了,看她目前的供词,完全有这种可能。"

"供词?"

"是的。她谈到堕落的原因时,是这样交代的:'在我二十岁那年,一个大学生许诺同我结婚,我便以身相许。可谁知当他考上法官之后,竟一声不吭就从我身边消失了,于是我便产生了对所有男人报复的念头……哼,我会在法庭上把他的名字公布于众,他毁了我一生,我绝不会饶过他……'"

"这……这……"时川只觉得两腿发软,差一点瘫倒在地,市原赶紧扶住他。

怎么办? 怎么办? 秋岛月代如果真把当初她与时川的这段关系在法庭上讲出来,那么时川还有什么与势子结婚的美梦可做? 就连原本金光灿烂的前途也会变得漆黑一团! 想到这里,时川吓出一身汗来,他哪里还有心思再去见势子。

市原看他脸色不对,执意把他送回家,又着实安慰他一番,表示一定竭尽全力替他想想办法,随后才离开。

这天晚上,时川失眠了,躺在床上,满脑子都是月代的影子。他思来想去,无论如何也得想办法封住月代的口。翻来覆去一个晚上,第二天上班的时候,他心里已经拿定了主意。

午休时候,时川悄悄走出检察厅大门,去买了一份"寿司"。走过一座旧楼时,他四下一看没人,便溜了进去。

他迅速打开寿司盒，从自己衣袋里摸出一包早已准备好的氰酸钾，洒了一些在寿司馅里，随后按原样包扎好，又三下二下戴上帽子、眼镜和口罩，没有忘记摘掉胸前的检察官证章，然后大步走出旧楼，直朝拘留所走去。早上，他已经问过市原，秋岛月代就关在这里。

到了拘留所门前，时川下意识地向下压了压帽子，然后走进了收发室。

"我来送东西……"他尽量让自己保持平静，似乎很放松。

"送东西？给谁？"警察不认识时川，蛮横地问道。

"野口美代子。"

"哼，就是刚进来的那个妓女吧，送什么？"

"寿司，她最爱吃的。"

警察递过来一张纸，上面需要填上探监人姓名、住所、与嫌疑犯的关系。时川一笔一画地填上了：中村，妇女更生协会；关系栏里填了"相识"。

警察接过饭盒，一点也没有表示怀疑。

时川从拘留所里出来的时候，身上已经渗出一身冷汗。他还是躲进那幢旧楼，摘掉帽子、眼镜和口罩，仍然没忘记在胸前别上检察官证章，随后回到检察厅。这时候，午休还没有结束。

这天下班，市原仍然和时川一起走出检察厅的大门。

市原从口袋里取出一张照片，递给时川，那是警察署给秋岛月代照的。

"啊，这就是月代——那个野口美代子？"时川愣住了，原来，照片上的人根本不是秋岛月代。

"昨天，我撒了个谎。"市原的嘴边挂着讥讽的微笑，"实话告诉你吧，照片上这个女人和我倒是真有过那么一阵关系，我担心她会在法庭上把我的名字漏出来，真不知怎么办好，谁知哪个急性子却已经把她给毒死了。嘿嘿，要能知道是哪个急性子，我还得好好谢谢他哩！同时,我还要预祝他平安无事。"说完,市原意味深长地瞥了时川一眼。

"你……"时川怎么也想不到自己会如此轻而易举地中了市原的圈套。他知道,市原最近刚订了婚,未婚妻是侦探部主任的女儿。

（周　蓓　改写）

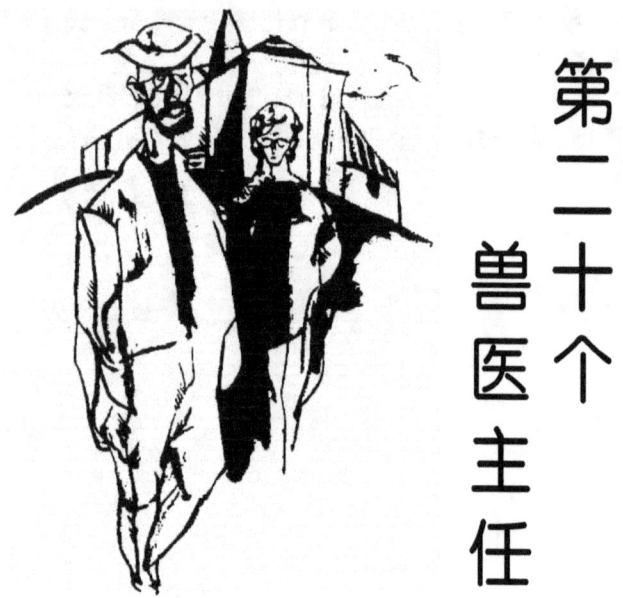

第二十个兽医主任

本故事根据土耳其作家阿日兹·内辛的小说《骆驼怎么了》改编,辛辣的讽刺既令人忍俊不禁,又发人深省。

达里辛大学毕业,被部里分配到一个地区担任兽医主任。在上任的路上,年轻的大学生踌躇满志,对前途充满了幻想。不料,到目的地一看,不禁傻了眼,这里是飞沙走石,满目荒凉,谁要是到这个鬼地方来当差,就等于是流放。

失望归失望,工作还是要做的。达里辛找来秘书卡提普,他想先了解一下这里有几家畜牧场,养了多少牛和羊。

卡提普是个经验丰富的老公务员,对新主任的到来表现出巨大的热情,他老老实实地说:"尊敬的主任,本地区从未有过什么畜牧场,现在也找不出一头牛或羊。"达里辛闻听惊得瞪大了眼睛,忙问:"既然没有牲畜,那要我们这些兽医干什么?"卡提普一本正经地说:"没有牲畜不代表我们不需要工作,您很快就会明白了。"

秘书所说的工作原来就是填写报表,月报表、季报表、半年报表以及年度报表,每份报表都必须及时准确地向部里呈报。

填报表的日子到了,达里辛决定看个究竟。只见卡提普从破旧的柜子里取出两份材料,一份是上个月的报表存根,一份是准备填的本月报表,他飞快地看一下旧报表,再飞快地在新报表上写下一个数字,不到半个小时,这项工作便顺利完成。达里辛拿过去一看,嘴巴张得老半天合不上,报表上骆驼数量一栏填的竟是9076头,比这个地区的人口还要多!

看着年轻主任疑惑的表情,卡提普解释说:"上个月骆驼的数量是8900头,除去屠宰和病死的因素,新生骆驼的数量有可能增加176头。""为什么不是170头或180头呢?"达里辛问。

卡提普说:"整十整百容易叫人怀疑,要让上级认为我们是挨个数过的才行,尊敬的主任。""可这个地区的气候根本不适合养骆驼,你们怎么能犯这种常识性的低级错误呢?"达里辛又问。

卡提普说:"这个问题我也想过。说实话,我在这里住了一辈子,连骆驼毛都没见过。但有些事不以人的意志为转移,20年前我接手这项工作的时候,报表上已经存有350头骆驼了。听老人们说,那是很多年前的一个夏天,曾经有一个骆驼商队从这儿路过,商人把3头无法赶路的生病的骆驼遗弃在这里,当然它们很快就死去了。不过从那时起,我们的报表上就有了关于骆驼的记录。您知道,骆驼的繁殖能力虽然不太强,但这么多年过去,发展到8900头还是正常的。""如果上面查下来怎么办?"

"您多虑了。上面的先生都很忙,到我们这儿吃一顿饭,然后开一个会,就要赶到别处去。根本没空亲自去查看牲口。等您将来升上去，也会是这样的，尊敬的主任。"

夜晚，达里辛怎么也睡不着觉。他想起了毕业分配时部长对他们讲的一番话，部长要求他们年轻人工作认真，勇于创新，同一切不良行为作斗争。部长还说，升迁的大门永远对表现突出者敞开。一下子虚报9076头骆驼，岂止是不良行为，这简直是犯罪呀！我可不能像前任们那么糊涂，这种荒唐事必须到我为止。

第二天一上班，达里辛就让卡提普重新填写报表，把骆驼一栏的数字去掉。"可是……"卡提普正要说什么。达里辛制止住他："照我说的做。"卡提普无奈地摇摇头，立刻，9076头骆驼从他的笔下消失了。

报表送到部里没几天，达里辛就接到了电话，通知部长要召见他。达里辛心情激动地上了路，他猜不到部长会给他什么奖励，如果能把他调离这个倒霉的地区就好了。

达里辛喜滋滋地走进部长办公室，立刻就发现有点不对头，部长坐在桌子后面愤怒地盯着他，两个眼球似乎要爆炸，半天，才大声吼道："骆驼哪里去了？"达里辛吓得不知所措，昏头昏脑地说："部长先生，骆驼，它没有……"

部长愤怒得像一头随时准备扑过来的雄狮，声嘶力竭地大叫："没有了？混蛋！不是1头，不是10头，而是整整8900头，你把那么多的骆驼都弄到哪里去了？"达里辛明白了部长的意思，他定了定神，说："部长先生，请听我解释。"部长不耐烦地摆摆手："我不要什么解释，我只要骆驼。一下子少掉8900头骆驼，上司会吃了我，而我首先吃了你。懂了吗？蠢货！"

达里辛垂头丧气地回到他那破破烂烂的办公室，不知怎么办才好。卡提普听了他的叙述，宽慰说："不要紧，主任先生，我们还来得及补救。"随即，卡提普以地区兽医主任的名义郑重其事地向部里发了一封加急电报，内容是："尊敬的部长阁下，因秘书的疏忽,本地区报表漏写了骆驼 9476 头,上个月我们有骆驼 8900 头,本月增加 576 头,而下个月我们的骆驼将超过 10000 头,谨向您致以最诚挚的祝贺!"短短几天,这个地区又出生了 400 头小骆驼。

　　年底,达里辛接到了调令,他高升了。车窗口,他和卡提普道别的时候,那位年迈的秘书说:"尊敬的先生,祝您好运! 您已是我送走的第二十个地区兽医主任啦。"

(王永中　改编)

被羞辱的教员

《被羞辱的教员》译自意大利作家菲尔南坦·玛巧基的《晚安，教员先生》，作品中的这个教员虽穷，其精神充足、感人，孩子们的真挚和善良更跃然纸上。

在米兰市附近巴得乔镇，有一座非常简陋的木屋，屋里房间很小，右边放着板床，左边搁着脸盆架，中央摆了一张大红木写字台，这是室内最漂亮的摆设。屋子的主人叫勃鲁诺·奇，是位瘦弱的教员。

除了星期日，每天晚上总有十来个十岁左右的孩子，穿过偏僻的小巷，来到木屋前，轻轻敲门，等到教员说"进来吧"，孩子们便鱼贯进屋，并排坐在用两块粗木板钉成的长凳上，静静地、认真地听教员讲课。

这些孩子,白天要干活,他们有的是机械工的帮手,有的是饭馆里的小厮,有的是商店里的送货工……他们整天干活儿,无法进学校。这位教员为了帮助他们,每天晚上按时给他们上课,而孩子们呢,送点钱和食物给老师,作为报酬。

这天晚上,孩子们进屋后向教员问了晚安,一个饭馆里的小厮带来了一些鱼,另一个在糖果店帮工的孩子带来了燕麦饼。

教员红着脸,轻轻地说了声“谢谢”,然后把食品收了下来,随即咳嗽了一声,开始讲课。

每天上课时间只有短短两小时,教员所教的东西当然不多,可他的学生们在学了几个月后却能看书、写字了,有些孩子在学完全部课程后,顺利地通过了会考,得到了中学毕业文凭。为了表示感谢,得到中学文凭的孩子的母亲,就准备了丰盛的午餐请教员,教员还即席发表讲话,博得热烈的掌声。这掌声使他感到,这就是人生的乐趣啊!

这天下课后,一个孩子走到教员跟前,说:“老师,电视台有喜剧节目……您愿意去酒吧看看吗?”

“喜剧……”教员重复着,“哦,当然……如果街上没有这么多雾的话。”其实他与其说怕雾,还不如说怕冷,因为他那件旧雨衣既渗水又透风,穿不穿一样。

“去吧!”孩子们苦苦央求着,“我们都去……”

望着可爱的、真诚的孩子们,教员和蔼地说:“到时候再说吧……”

又一天,教员应邀到米兰市一家为儿子招聘家庭教师的有钱人家去。到了这家人家,一个穿红戴绿的女佣把他领到客厅里等着,一会儿,进来了一位珠光宝气的太太,她皱着眉头从头到脚把教员打量一番,说:“请您回去吧……我们已经雇到了家庭教师。”说罢,她像打发乞丐似的递给教员二十块钱,说,“这是给您的车费。"

　　教员羞愤地缩回手,声音颤抖地说:"谢谢您,太太! 不必了……我住得很近,只有两步路!"

　　其实,从米兰市中心到巴得乔镇,得走两个钟头。他冒着刺骨的寒风,冷得他连气也透不过来,他把那破旧的、单薄的衣服裹裹紧,边走边气愤地想:哼,假如我穿着体面的衣服,那女人就不会那么对我了。

　　等他回到家,天已晚了,白天的遭遇,使他怎么也不愿一个人待在家里,他决定去酒吧。

　　这时,酒吧里已经坐满了人,他向自己的学生走去,他们早已替他占好了位置。孩子们一见他,便亲热地招呼道:"老师,快过来!"

　　就在这时,来了一伙年轻人,其中有个穿蓝色运动衣和皮外套的小伙子,闷声不响地走过来,粗暴地把一个男孩子从凳子上推开,强占了位置。

　　教员一见,愤怒地叫道:"你这是什么行为? 马上把凳子还给孩子!"

　　那小伙子乜了他一下,蛮横地说:"不关你的事!"

　　"这是我的事!"教员气得脸色发青,说,"这些孩子是我的学生,我要对他们负责。立刻把凳子还给孩子!"

　　那个小伙子冲着教员哈哈大笑,同时向两个伙伴使了个眼色,对教员说:"我们到外面去谈,教员先生!"

　　教员愤怒地说:"听便!"

　　一个孩子哭着说:"老师,您不能去,他们有三个人,会打死您的!"

　　但教员似乎没有听见孩子的哭声,在大家惊异的目光下,跟着这伙青年出去了。

　　对于这个视斗殴打架为家常便饭的流氓来说,对付这样一个瘦弱的教员,根本用不着伙伴们帮忙,他一拳就把教员打昏在地了……

当教员清醒过来时,已在警察局里了。孩子们在他身旁,那三个流氓站在稍远的地方,正得意洋洋地笑着。

一个孩子告诉他,在那流氓殴打他时,他们报告了警察,警察把三个流氓抓起来了。

警官先询问孩子们,然后审问教员。这个警官用讥讽的目光把教员从头到脚打量了一番,说:"嗯,如果您也算个教员……请拿出证件来。"

教员听警官这么问话,气得浑身打颤:挨了打还要证件,岂有此理!

警官见他不吭声,用更刺耳的语调大声重复说:"证件……"

教员这才不情愿地从破皮夹里抽出一张纸片,颤抖着手,递给警官。

警官不屑地看了一眼,就嘲弄说:"啊,原来是这样,先生……您是什么教员啊?"

教员忙向警官使眼色,央求他别当着孩子们的面声张出去。但是警官毫不理睬,依旧大声嚷道:"您自称教员,这对我们并不重要,不过你不该这样冒充啊……"他又向默不作声的孩子们说:"孩子们,你们听着,他不是教员,只是一个普通的工人,他的名字叫勃鲁诺·奇,他是个假教员,冒充的!你们上当了!"

"不对!"一个孩子哭着嚷道,"他家里有写字台!"

"什么,他有写字台?哈哈,我也有写字台,可我是警官,不是教员。"

接着,警官虽然也煞有介事地表示,要惩办这三个流氓,但看到教员无意提出控诉,也就把他们全都放了。

教员脸色苍白,耷拉着脑袋,慢吞吞地走出警察局,孩子们垂头丧气地跟在他后面。当他们走到那条偏僻的小巷时,教员凄楚地对孩子们说:"现在你们明白真相了,以后就用不着再来我这儿上课了。"他噙着泪水,望着孩子们,继续说,"不错,我是干粗活的,但我并不因此而害羞,我一生都希望成为一个教员……做教员得有钱,可我没有……我是靠自学成功的人。我对你们说过,我曾在学校里教过好几年书,那是撒谎。请原谅我对你们说了假话。"

说完,他伸出了瘦嶙嶙的手,向孩子们道别……

这一夜,他没有合眼,他感到喉头发胀、梗塞。但是,第二天早晨,他仍然按时起了床,坐到写字台前,批改孩子们最后一次作业。他心里非常清楚,孩子们的母亲是不会再让自己的子女到他这个冒牌教员这儿来了,但这些作业,还是应该批改。

为了不再想这件事,白天他去了图书馆,读他最喜欢的大仲马的作品。但是,他无法集中注意力去体会书中主人公的感情,他的眼镜蒙着一层水汽,他故意大声地擤鼻涕,免得让邻座的人看到他在哭泣。

教员回到家里,已是晚上八点了,房间里没有灯光,这就是说,孩子们一个也没有来!他怀着委屈、沉重的心情走进房间,扭开电灯,呀!他愣了,只见在两旁的长板凳上,端端正正地坐着十来个孩子。

孩子们一见他,齐声叫道:"晚安,老师!"

他竭力控制自己,忍住了夺眶欲出的泪水,回答一声:"晚安,孩子们!"

(杨 佳 编译)

荒 诞 滑 稽

残暴是一种习惯，它不断地发展，最后发展成一种病态。

死人说真话

《死人说真话》原名为《这是梦吗》，出自法国作家古格·德蒙帕桑之手。作品通过荒诞离奇而又引人入胜的情节，揭露了人们往往熟视无睹的社会病态现象。如何把荒诞手法的运用熔铸到整个故事情节的设计中去，如何用啼笑皆非的荒诞手法来鞭挞生活中的假恶丑，用荒诞不经的人物形象来呼唤人世间的真善美，此作是一个很好的范例。

一对夫妻，相亲相爱了一辈子。谁知这天雨夜，妻子从外面回家后，一直咳嗽、发高烧，从此便一病不起，找了多少医生，吃了多少丸药，可是都无济于事。终于有一天，她香消玉殒，抛下亲爱的丈夫，自个儿走了。

妻子死了，丈夫陷入了无边的痛苦之中，因为他太爱她了，而她也曾经用她温柔美丽的爱情抚慰过他。

葬礼过后，丈夫不忍心面对他和爱妻共同生活过的空房，于是他辞别亲友，到外地旅行去了。

三个月后，他回到自己居住的城市，他要忍住悲伤，重新开始新的生活。可是，每当他躺在床上，侧身面对床前的穿衣镜时，他又悲从中来——这面镜子是他们夫妻恩爱生活的见证，如果它是一架摄像机，一定还储存着他们夫妻恩爱生活的一幅幅热烈的画面。

他不由自主地又陷入了对亡妻的思念之中。他在房里又待不住了，于是便走上大街，不知不觉中竟一直走到郊外的公墓墓地。亲爱的妻子就躺在这座公墓里，他要到她的墓前，向她倾诉他对她的无边思念。

他来到妻子安息的地方，那简朴的墓穴上，立着一块用白色大理石制成的十字架状的墓碑，墓碑上刻着下面的文字：

她爱丈夫，也为丈夫所爱，今已仙逝。

一想到妻子那苗条婀娜的身姿，那漂亮动人的脸蛋，现在已被压在这块冥顽不灵的石头下面，腐败为泥，他又不禁悲从中来。

他在妻子的墓前大放悲声，抚摸着那块大理石墓碑，久久不愿离去。一个疯狂的念头忽然从他心中升起：我今夜就在公墓里过夜，她若在天有灵，一定会为我的钟情感动，出来与我相会。世间不是有许多人鬼幽会的故事么？

于是，他找了一处隐蔽的地方躲了起来。

夜色降临了，公墓守门人已将几道栅门关上，老头子并没有发现墓地里还滞留着什么闲人。

当黑夜已完全笼罩了墓地、万籁俱寂的时候,他便从藏身之处走了出来,悄无声息地在一行行墓碑间穿行,他想找到妻子的那座墓穴,可是居然找不到了。他仔细辨认着每一座墓碑,可是那些墓碑的形状都大同小异,根本就找不到妻子的那座。天上没有月亮,也没有星光,整座墓地就像一座地狱,他不禁毛骨悚然,有点害怕了。

"我为什么要到这里来?"他在心里自忖道,"一个活人为什么要到这个死人的世界里来呢?"他听得到自己的心在剧烈地跳动。接着,他听到了一些别的响动。那是什么声音? 好像是踏在他脚下的一块墓石正在活动的样子。

当真,是脚下的墓石在动,而且缓慢地升起。他的心蹿上了喉咙口,急忙纵身从墓石上跳到一边。趁着夜色,他看到一具赤裸裸的发着磷光的骷髅从墓穴里走出来,站在墓碑前,用一种奇异的喉音读着那块属于他自己的碑石上的碑文:

> 此地安息着雅各先生。他享年51岁。他热爱家人,性情仁慈,人格可敬。他在上帝慈爱的怀抱中无憾地归去。

突然,那具骷髅发出一声痛苦的哀号,迅即从地上捡起一片锋利的石片,用力在那块碑石上刮磨着。不一会工夫,他刚才念过的那段碑文已被刮磨干净,接着,那骷髅伸出那只剩下一根骨头的食指,在碑石上写下了另一行闪闪发光的文字:

> 此地躺着雅各先生。他死时51岁。他曾用残忍的手段虐待他的父亲,加速了他父亲的死亡,为的是要得到他父亲的财产。他对妻儿冷酷无情。他欺骗邻里,抢掠每一个他想要抢掠的人,最后悲惨地了结了贪婪无耻的一生。

骷髅写完这段新碑文后，站在那里端详起来，似乎为他终于做了一件老实事而觉得非常满意。

这时，丈夫又听到其他许多墓穴的石板在移动的声音，听到骷髅们在他的前后左右忙忙碌碌，用石头刮擦墓碑，用指骨刻写碑文。原来，这些白天老老实实躺在墓穴里的死者，到了夜里都争先恐后地钻出来修改自己墓碑上的碑文，吐露自己的真情实感。

凭着那些闪闪烁烁的磷光，丈夫阅读着各式各样的碑文。他发现那些死者，有许多人在生前都是恶棍、骗子和多疑嫉妒的小人，他们老老实实地在墓碑上写明他们生前如何憎恨、偷窃、欺诈和说谎的真情，而在它们原来的墓碑上，这些人都被说成是慈父、爱妻、孝子、贞夫节妇。

这个景象把丈夫给逗乐了，他猜想他亲爱的亡妻此刻也一定在忙碌着，他决心一定要找到她，看看她在写些什么。

丈夫毫无畏惧地在那些打开了的墓穴，在那些棺材、死尸、骷髅之间穿行，最后，他终于找到了她，认出了她那张一度容颜娇媚的脸儿。当他走到她跟前时，看到她正在刮掉墓碑上那行"她爱丈夫，也为丈夫所爱，今已仙逝"的碑文，然后用她那只剩下骨头的如刀般的指尖写道：

> 为了欺骗她的爱人，她在雨夜外出与情人幽会，得了重感冒，不治，一命呜呼。

第二天早晨，公墓守门老头发现那位丈夫躺在墓地里，已失去了知觉。

（纪秋山　编译）

惊人之举

　　罗尔德·达尔(1916—)，英国作家。生于南威尔士，早年
参过军。1946 年发表第一部小说集《该轮到你了》，1953 年发表
成名作《像你这样一个人》，其代表作还有《罗尔德·达尔小说
集》等，作品风格简洁、明快。《惊人之举》是根据他的小说《伟大
的自动写作机》改写的，虽属科幻之作，但有极强的社会性和现
实意义。

　　克奈姆是约翰·波伦电子工程公司的技术员，他最近完成
了一台大型自动计算机的设计和制造，因此受到了老板波伦的
嘉奖，并特意放他半个月假，让克奈姆好好休息一下。
　　克奈姆是个好动的青年人，一静下来反而觉得难受，所以就想起了他的小说创作。早些时间他正在构思一篇小说,题目叫《死里逃生》,提纲、情节都想好了,可是真的坐在打字机前,克奈姆又觉得大脑空空,不知如何下笔。他烦恼地一会儿喝咖啡,一会儿抽雪茄,简直就没有一刻安宁。就在这时,他眼前突然一亮,一个大胆的主意跳了出来:与其这样苦苦思索,何不干脆制造一台自动写作机!克奈姆一阵激动,他马上找来纸和笔,初步做了些演算,越演算心中越有底了。因为尽管机器无法代替人脑,它不能独创思想,但另一方面,机器却能储存各种信息,它有惊人的记忆力。克奈姆决定用电子计算机的原理,按照语法规则,把各种词汇以及各种情节组成一条流水线。

从这天起,克奈姆又成了一个工作狂,他废寝忘食,不分白天黑夜地钻研着,演算着,在他的起居室里到处都是卡片、计算公式、词汇表和成千上万的单词。十五天后,一张自动写作机的草图终于设计出来了。

克奈姆喜滋滋地跑到公司里去报喜,可是他的顶头上司波伦把那张草图翻来覆去地看过后,却不以为然地摇摇头,问道:"小伙子,你是一个杰出的人才,可是这样的机器会有人要吗?说到底,这台写作机能为我们公司赚多少钱?"

见自己伟大的发明得不到老板的赏识,克奈姆有些着急,毕竟投入试验需要大笔资金,没有老板的支持是万万行不通的。克奈姆一着急,话就失去了条理性,他冲动地说:"波伦先生,实话告诉你吧,我做梦都想当一个作家,为此我已写了五六百篇小说,可是投出去都没有回音,我是多么的失望啊……"

起初,波伦听说克奈姆想当作家,着实吓了一大跳,到目前为止,克奈姆仍是公司的一棵摇钱树。但后来克奈姆说没有成功,波伦松了一口气,用充满同情的口气劝道:"小伙子,我能理解你的心情。但那些专家、编辑都不用你的稿子,那么你的小说肯定是不成功的。我看你还是洗手不干,忘掉那些该死的小说创作吧!"

克奈姆不服气了,脸也红了起来:"不,不,我不承认我的小说都是失败的作品,同眼下杂志上发表的那些乌七八糟的作品相比,我的小说不知要好多少倍。我要说的是,经过我多年的调查,发现每家杂志都有自己的一种类型的小说,成功的作家知道这个秘密,他们按照杂志社要求写小说,所以常常能够发表。"

波伦见克奈姆把话题越扯越远,显得有些不耐烦了,忍不住打断道:"喂,你说的这些,和我们公司赚钱有什么关系呢?"

"当然有喽!"克奈姆情绪激动起来,用手比划着解释道,"如今,杂志社付给作家的稿酬是平均每篇一千元,最高的达二千五百元。"波伦还是第一次听说这个标准,不由惊叫起来:"这么多啊,那作家不都成了百万富翁了?""是的,制造自动写作机的经济价值就在这里。波伦先生,我想好了,大杂志每星期刊登 3 篇小说,我国有 15 家重要的大刊物和几十家小刊物,如果我们每月生产两百多篇小说,就有二十多万元的稿酬。至于竞争那更不用担忧,这台机器能在 30 秒之内生产一篇五千字的小说,谁能同它竞争呢?"

波伦完全被迷住了,他全神贯注地听着,由于兴奋,呼吸也越来越急促,听到末了,忍不住大声喝彩:"好啊,妙啊,小伙子,你真行! 好,生产的经费我全包了,只是一定要保密!"

经过足足半年的努力,一台崭新的自动写作机造出来了,波伦把它单独藏在一幢砖石楼房里,除了自己和克奈姆,谁也不准接近它。

这天,阳光明媚,波伦和克奈姆站在自动写作机的控制板前,准备生产第一篇小说,两个人的心情既兴奋又紧张,忍不住都用眼睛朝四周的墙壁望。墙上都是电线、插头、开关、电子仪器,显得十分神秘。好久,克奈姆才深深吸了口气,严肃地宣布:

"波伦先生,现在你只需用小手指按一下开关,一个伟大的作家便产生了。开始吧!"

波伦神情庄重地点点头,然后按了一下键钮,只听"咔嚓"一声,机器开始运作起来,开头还遇到一些麻烦,但很快就被克奈姆调整好了。不一会,控制板右方的出口处滑出一张、两张、三张打字纸。

克奈姆和波伦几乎是同时拿起打字纸,欣赏起自己的杰作。

第一篇小说是准备投给《星期六晚报》的,故事是讲:有个青年想讨好他的老板,叫自己的好朋友在一个天黑的夜里持枪拦劫老板的女儿,那个青年再冲过去,救了那个姑娘。那个姑娘很感激,可是她的父亲却有些怀疑,于是设计套出了青年的口供。事后,那个老板不但没有撵走那个青年,反而说他钦佩青年人的才智,答应提拔他当科长。

读完这篇小说,波伦乐得哈哈大笑:"棒极了,俱乐部里的朋友看到我的名字出现在权威报刊上,一定都会大吃一惊的。"

克奈姆无暇顾及顶头上司的唠叨,他一口气生产了十多篇小说,挑了最好的四篇注上自己的大名,其他的干脆捏造了一些名字,然后按照出版通讯上的地址,挨家挨户地给杂志社寄过去。

这些小说有五篇马上被采用了,波伦的那篇被退了回来,但编辑非常热情地写了回信,称:"文笔流畅,请再次赐稿。"于是克奈姆放弃休息,亲自动手为波伦"写"了一篇,寄到杂志社后,也立即被采用了。

稿费开始源源不绝地流进来。半年之后,克奈姆和波伦在文学界名声大振,出尽风头,被人称为多产作家。更难能可贵的是:克奈姆培养、扶植了十多个纯属子虚乌有的青年作家,这些作家前途无量,可谁也没见过本人,就好像藏在云雾之中。

波伦过去仅仅是个商人,满脑子考虑的都是金钱,如今名利双收,他便有了野心。这一天,他把克奈姆叫到办公室,开门见山地说:"小伙子,出版商都希望我能写几篇严肃、重要的著作,我想想十分有道理。我希望你马上着手改装机器,我们要搞长篇创作!"

这个问题,克奈姆也在考虑,所以一拍即合,由波伦提供大笔研制经费,克奈姆立即投入设计。

克奈姆确实是个天才,他对计算机的研制已到了炉火纯青的地步,仅仅用了两个多月,一个新的控制系统就生产出来了。

由于层次提高了,自动写作机的内部结构也更加复杂了,克奈姆不得不花好多时间,耐心地为波伦讲解操作的要领:"这第一排键钮是你的第一个重要决定,选的到底是历史小说还是讽刺小说,或者是其他,诸如哲理小说、政治小说、浪漫小说、色情小说、幽默小说,等等。第二排是选题材:军队生活、开荒时代、内战时期、世界大战、种族问题、边疆开发、农村生活、童年回忆、航海故事、海底探险,等等。第三排选文体:古典的、即兴的、刺激的、女性化的、海明威式的……第四排选择人物。第五排是色情选择。这我要说明一下,这是一种强烈冲动的东西,在小说中是必不可少的,但要用得恰如其分,否则会令人恶心的。第六……"波伦被弄糊涂了,他双手捧住脑袋,非常痛苦地叫起来:"我的天呀,这太复杂了,我怕永远也学不会了。"

不过话尽管这么说,波伦还是用心地跟着学。经过几个小时的学习,波伦开始入门了,他神情庄重地叫克奈姆做自己的助手,调整好情绪,开始长篇小说的创作。

波伦伸出手指,小心翼翼地按着键钮:

类型——讽刺小说

题材——种族问题

文体——古典

人物——六男,四女,一婴孩

长度——十五章

……

　　机器开始启动,五万多个零件在有规律地转动着,发出一阵阵"嗡嗡"的响声,波伦大汗淋漓,专注地盯着出口处,打字纸像雪片似地飞出来,没有多少时辰,十几万字的作品完成了。波伦捡起一叠稿纸,开始读第一章,读着读着,他的双颊慢慢地鼓起来,不高兴地说:"不行,不行,这一章对色情的描写太露骨了,这绝对不能成为一部伟大的作品。"克奈姆凑过来一看,不由得也乐了:"先生,色情器的键钮你按得太重了,不过不要紧,马上可以重新写过。"

　　于是,克奈姆又协助波伦重新试了一遍,这次按计划如期完成了。

　　一星期后,克奈姆亲自把这部长篇送到出版商手里。出版商仅仅读了前几章,就拍板收了下来,书一出版,立刻在全国引起轰动,成为抢手货。

　　从那时起,全国以写作为生的作家都面临着失去饭碗的威胁,而克奈姆和波伦却作品越来越多,质量也在不断提高,并且他们的胃口也越来越大,开始像洛克菲勒吞并别的石油公司那样,出大价钱收买名作家的姓名权。那些年纪大的、才思枯竭的作家,已经答应由克奈姆他们创作,署上自己的名字。但那些真正有潜力的作家还在苦苦坚持,但前途如何呢? 这是令人担忧的……

　　　　　　　　　　　　　　　　　　(周　东　改写)

永远的囚徒

　　马赛尔·埃美（1902—1967），是法国一个风格独特的作家。他的作品粗犷、犀利，语言机智、诙谐，富有幽默感，因此深受广大读者的欢迎。《永远的囚徒》根据他的短篇小说《穿墙记》改写，作品虽荒诞离奇，但不乏内在的合理逻辑，通过人物变态等一系列怪现象，可加深我们对当时社会生活和世态人情的了解。

　　杜蒂耶是一家注册部的职员，平时架一副带链的夹鼻眼镜，蓄一小撮胡子。最近，他的办公室调来个新主任，这位新主任看杜蒂耶左右不顺眼，就把他赶到了一间半明不暗的小屋子里，这屋子紧挨着新主任的办公室。

杜蒂耶这个人平时逆来顺受，十分谦恭，但自尊心挺强，这下哪受得了这种耻辱？这天，他又无端地被新主任骂了一通，回到自己的位子上，他越想越窝囊：与其这样活下去，不如一头撞死痛快。想着想着，心一横，真的一头向墙上撞去。没想到他这一撞居然穿墙而过来到了新主任的办公室。他吓了一跳，幸好新主任不在。他简直不相信这是真的，决定再试一下，果然又穿墙而过回到了自己的小黑屋。这种神奇之才反倒使他大为恐怖起来。他趁下午不上班，就到医院向医生讲述了自己的病状。经医生检查，原来他患了甲状腺死壁螺旋性僵化症。医生嘱他不要做剧烈活动，另外给他开了两片药，叫他拿回家捣成粉，和着半人半马激素的四效比雷特粉，服用一年。

杜蒂耶把药拿回家，扔进了抽屉里。他想：我何不用特技先整治整治那位可恶的新主任？第二天上班，他走进小黑屋，把头钻进新主任的那堵墙里。新主任正在审阅一份公文，杜蒂耶的头在墙上大咳一声，新主任一抬头，差点吓死过去。只见杜蒂耶的头像个兽头一样悬挂在墙上，而且透过带链眼镜向他射来一道道愤怒的目光。更为恐怖的是，这个脑袋还开口骂他是流氓、混蛋！新主任被吓得四肢无力，费了很大劲才从椅子上挣扎起来，冲出门直奔杜蒂耶的屋子，推门一看，杜蒂耶正在聚精会神地写信哩。新主任把他端详了很久，才忐忑不安地回到自己的办公室，可屁股还没坐稳，杜蒂耶的脑袋又在墙壁上出现了。在这一天里，这个吓人的脑袋在墙上出现了二十几次；在往后的几天里依然如此。更可怕的是，那脑袋还吼叫一些稀奇古怪的疯话，不时还夹杂着魔鬼般的狂笑，终于把可怜的新主任弄进了精神病医院。

杜蒂耶总算得到了解脱，然而他并未就此满足，他不愿当一辈子职员，他想凭借这个本领让自己成为富翁。于是有天晚上，他穿过厚厚的墙壁，进入了本城某大银行，钻进各式各样的保险柜,手中的一只大麻袋里塞满了钞票。临走时,他又突发奇想,在保险柜上写下了自己的化名:戛鲁·戛鲁。

第二天,所有大小报纸都登出了"戛鲁·戛鲁"这个名字。杜蒂耶仍按时上班,听到同事们都夸这个戛鲁·戛鲁了不起,是个超人神才,他心里得到了极大的满足。他忍不住向周围人宣布道:"你们知道戛鲁·戛鲁是谁吗? 就是我!"

这句话一出口,全场一片哗然。不过,大家都不相信,嘲笑他是想钱想疯了,想出名想疯了。从此,他就被同事们戏称为戛鲁·戛鲁。杜蒂耶的自尊心受到了伤害,他心里很不服气,为了让同事们相信他就是戛鲁·戛鲁,他决定来个大动作。

一天,夜深人静,他钻进城里另一家大银行,把金条和钞票装进麻袋后,又在保险柜上写满了"戛鲁·戛鲁",然后打电话向警察局投案。

杜蒂耶关在监牢里,却感到特别兴奋,因为穿越厚厚的墙壁对他来说更过瘾。他被监禁的第二天,看守们就目瞪口呆了,他们发现监狱长的金表和藏书居然放在了戛鲁·戛鲁的床头上。看守们被戛鲁·戛鲁折磨得筋疲力尽,一会背上挨一拳,一会屁股上又挨一脚,但又不晓得这手和脚是从何处飞来的。

杜蒂耶被关了一周,他决定要走了,于是就给监狱长写了一封信,通知他当夜十一点二十五分到十一点三十五分之间自己将越狱。监狱长看了信后,就派了大量的看守,把戛鲁·戛鲁极为严密地监视起来,结果还是让戛鲁·戛鲁逃得无影无踪。

杜蒂耶逃狱出来,并没有躲藏,而是大模大样地在大街上走。有人认出他就是戛鲁·戛鲁,竟高兴地叫着他的名字:"戛鲁·戛鲁! 戛鲁·戛鲁!"杜蒂耶听了心里甜丝丝的。但不到三天,他又在一家咖啡馆被捕了。

杜蒂耶被带回了监狱,关进了一间有三重锁的黑牢里。但当天晚上,他就逃到监狱长的客房里睡了一夜。第二天一早,他给监狱长打来电话:"喂! 是监狱长吗? 我是戛鲁·戛鲁,对不起,昨天晚上我在你客房里睡了一夜,走时忘了带你的钱包。我现在正在你对面的饭馆用早餐,很抱歉,能不能劳驾你派个人来替我付早餐钱呢?"

监狱长听完电话,亲自赶了来,把他大骂了一通,然后把他押回了监狱。这天晚上,杜蒂耶没有睡踏实,平心而论,他现在对那威震四方的名声已经厌倦了,自从入狱以来,他对穿墙而过的快感渐渐消失,再厚实再高大的墙壁现在在他看来不过是普普通通的屏风。他突然想起了埃及的金字塔:何不去金字塔过过瘾呢? 想到此,他从监狱里逃出来,回到了家里。他刮掉了小胡子,换一副玳瑁眼镜,穿戴一新,整个儿就像换了一个人。末了,他还打算去街上采购一些东西。

没想到,他在大街上碰到了一个金发妇女,竟然一见钟情。那妇女看样子对他也抱有好感。他打听到这位美人的丈夫是个醋坛子,一到晚上就把这美人锁在屋里,白天对她也实行严密监视,她上街他就跟在后面盯梢。杜蒂耶听到后,又是同情,又是惋惜。

第二天,他注意到金发妇女进了一家妇女用品商场,就尾随而进。杜蒂耶趁她停下来看内衣的时候,向她吐露了自己的爱慕之心。金发少妇涨红了脸,含情脉脉地低声叹道:"天啊,先生,这不可能。"杜蒂耶非常激动地说道:"无论如何,我今晚要到你卧室来会你。"

当天晚上,杜蒂耶果然精神焕发,穿过了一道道墙壁,一头扎进了金发少妇的怀里,直到深夜,才依依不舍地离去。

次日下午四点多钟,杜蒂耶正准备去约会,突然头疼得很厉害。为了不影响晚上的约会,他就在抽屉里翻出两片药吃了,不一会儿,他的头就不疼了。天刚擦黑,他就急不可待地穿墙进了金发少妇的卧室里,这一夜,他们爱得死去活来,一直到凌晨三点多钟,杜蒂耶还在缠绵不休。在金发少妇再三催促下,杜蒂耶恋恋不舍地出了卧室。不知怎么回事,他在穿墙时觉得腰部和肩部摩摩挲挲的,不很流畅。当他穿越最后一道围墙时,他仿佛在流动的物体中运动,这些物体越变越稠,越来越坚实,最后他走不动,终于被墙壁固定了。他才猛然想起下午那两片药吃错了。他当时还以为那是阿司匹林,没料到那就是医生让他和着半人半马激素的四效比雷特粉服用一年的药片。杜蒂耶彻底绝望了,从此,就像一个囚徒被永远地禁锢在墙里了。

(马宗凡　改编)

幸运人头

这是一篇根据日本漫画家光原伸的漫画改编的故事。故事通过跌宕起伏的情节和充满神秘吸引力的悬念,赞美了主人公嫉恶如仇的性格特征和抗争命运的自我力量,鲜明地体现了神秘文学这一流派独特的审美价值。

皮尔斯·卡恩是一个真正的赌棍,那天他从赌场出来,衣兜里输得只剩两美元了,而更可怕的是,他一共欠下了二十八万美元的赌债。他神思恍惚地回到家,还没顾得上喘一口气,"嘟嘟嘟"电话响了,皮尔斯懒洋洋地拿起电话,话筒里立刻响起了一阵咆哮:"喂,皮尔斯,一会儿我来取钱。如果拿不出钱,就为你自己准备好一副棺材,去见上帝吧!"那人说完,电话随即挂断了。

皮尔斯绝望的目光落在桌子上。桌子上放着一个小挂件，那是挂在脖子上的小玩意儿，雕刻的是一个乒乓球大小的印第安人头，那东西被称作"幸运人头"，是皮尔斯从街头的地摊上买的。此刻，皮尔斯万念俱灰，他对着头像骂道："呸，你算什么幸运人头！"他颤抖着手，写下了一封遗书，又拉开抽屉，拿出一把手枪，将枪口伸进嘴里。只听"砰"的一声，皮尔斯饮弹自尽，终年三十一岁，死在赌城拉斯维加斯郊外的一座旧别墅里……

二十年后，有一位英俊的小伙子出现在这个城市里，他叫杰克斯，陪在他身边的是一个十九岁的漂亮姑娘，叫艾丽丝。杰克斯经常带着女友混迹于赌场，艾丽丝不想这样生活，但她深深爱杰克斯，而且又无家可归，于是就这样跟着他。其实杰克斯也并不富有，他以前给别人送货，挣了一点钱，但自从爱上赌博后，不再干活，囊中已所剩无几了。

这天，杰克斯和艾丽丝又去了赌场，他们的运气坏透了，下了七次注，连输了六次，杰克斯输红了眼，只觉得胸口憋闷，便带着艾丽丝到街上走走，想把身上的晦气驱走，然后再重返赌场翻本。

他们来到了街头，突然看见沿街摆着一些货摊，其中一个小摊上摆满了稀奇古怪的玩意儿。摊主是个女的，长相很特别，金黄的长发一直拖到大腿，一张阴冷的脸上长着一双挺有神的大眼睛。那女摊主指着一个小玩意儿对杰克斯说："这是'幸运人头'，它会给你带来好运的，买一个试试吧！"

杰克斯在货摊边蹲下身来，拿起这个幸运人头细细地看了起来：这是一个用细绳子穿着的挂件，乒乓球大小，刻的是一个印第安人的头像。杰克斯沉吟片刻，问道："这个多少钱？""只要五美元。"

杰克斯付钱买下了这个小挂件，离开货摊后，艾丽丝疑惑不解地问："这玩意儿真丑,你买它干吗?""我们的运气太差,买个吉利也好。"

杰克斯麻利地将幸运人头挂到了脖子上,又重新回到了赌场,他满怀信心,想试试这玩意儿是不是真的会带来好运。谁知他连下三次注,三次全输得一败涂地。杰克斯气得差点要跳楼,他骂道:"妈的,白花了钱,买了个倒霉货!"他想把那个幸运人头扔掉,转念一想,又生了几分侥幸心:或许是刚买的缘故,说不定一会儿好运就来了……

杰克斯进了洗手间,他想用水冲冲脸,清醒一下。他走到水盆前,伸手将幸运人头摘下来,放在水盆边上。他刚打开水笼头,忽然听到一个声音:"你的运气实在是太差了!"

这声音低低的,冷冷的,好像是从地狱里传出来的,杰克斯猛抬起头,四处张望,并无一人,他以为是自己的幻觉,便继续低头洗脸。可就在这时,那声音又响了:"你的运气实在是太差了!"

杰克斯惊得跳起来,叫道:"谁在说话?""是我呀,我是幸运人头啊!"

杰克斯低头一看,果然是放在水盆边上的那个印第安头像在和他说话,顿时吓了一跳:"你……你要干什么?"

幸运人头说:"别害怕,你买了我,你现在就是我的主人,我可以帮你,给你带来好运。"杰克斯疑惑地问:"你怎样帮我?"

幸运人头一笑,得意地说:"我有一种特殊的本领,你如果去赌转盘,我可以事先知道弹子将停在红格子还是黑格子里。"杰克斯一听,高兴得差点要跳起来,他急急地拿起人头,冲出洗手间……

杰克斯找到了站在赌桌旁围观的艾丽丝,偷偷地把刚才的奇遇告诉了她。艾丽丝十分惊奇:"会是真的吗?"

"试试便知道了。"杰克斯说罢,坐到赌桌旁下了第一注,押了两百元。他低下头去,轻轻地问握在手中的幸运人头:"下什么颜色?"

幸运人头想了片刻,斩钉截铁地说:"红色!"

杰克斯立刻吆喝起来:"红色,下红色!"赌台上的轮盘飞快地旋转起来,等停下来后一看,嗨,果然是红色! 杰克斯欣喜若狂,面前的筹码一下增加到三千多元。紧接着,杰克斯将面前的筹码全部押上,又低声问幸运人头:"这次什么颜色?"幸运人头思忖一会,断然答道:"红色!"

杰克斯听了,马上又叫道:"还是下红色!"赌盘飞转一会停下来后,果然又是红色,杰克斯又赢了! 他随即又准备下第三注,谁知这回幸运人头没有告诉他下什么颜色,而是神秘兮兮地对他说:"小伙子,你等一会再押,我们先去那边,我有话要对你说。"

杰克斯很扫兴,只好捏着幸运人头,和艾丽丝一同来到无人的角落。杰克斯有点不耐烦地问幸运人头:"你想说什么?"

"是这样的——"幸运人头挺神秘地说道,"我不能让一个人永久拥有,所以,我只能让同一个人享用三次,刚才你已经用了两次,现在只剩一次机会了……"杰克斯大吃一惊:"你怎么不早说?"

幸运人头怪样地一笑:"现在说也不晚嘛,最后一次你可以下重注呀!"

杰克斯沉默了很久,说:"看来只有下一次重注,才能赢一次大的了!"

艾丽丝焦虑地说:"可我们手头的钱并不多呀!"

杰克斯想了想,终于打定了主意:"我以前替别人送货时,认识一个专放高利贷的,我们可以去借。"他见艾丽丝有点吃惊,好像是不大情愿,便鼓动说:"亲爱的,没办法了,我再赢一次大的,以后就永远不赌了!"说完,他拉着艾丽丝离开赌场,急急地向放高利贷的地方赶去。

专放高利贷的那人叫罗姆,此人阴险狡诈,他见杰克斯、艾丽丝急急赶来,问明了来意后,阴沉沉地一笑,说:"你要是借一百万,只能借两小时,两小时以后,我要十万元利息,怎么样?"

杰克斯面对如此苛刻的条件,干干脆脆地回答了一个字:"行!"

罗姆拿出了一百万现金,一字一句地对杰克斯说:"这是一百万,现在是下午三点,五点钟你一定要到这里。作为抵押,这个女的要留下来!"

艾丽丝一听,急得要哭了:"不,我不愿留在这里……"

杰克斯走上前去,扶着艾丽丝的肩膀,温存地说:"我一定会回来的……"说完,转身提了钱箱就走。艾丽丝望着杰克斯远去的背影,眼眶湿了……

杰克斯重返赌场,孤注一掷,他将现金统统换成筹码,再次坐到了赌桌旁。他显得十分紧张,心里不停地捶着小鼓:"这是最后一次,艾丽丝还抵押在那边,一定要赢啊!"眼看就该下注了,杰克斯将幸运人头捏在手中,一字一顿地问:"这次是什么颜色?"

"让我好好想想……"幸运人头说完,沉默了一会,突然叫道:"黑色,这次下黑色,绝对没错!"杰克斯听了,高声叫道:"好,全部押上,开盘!"

赌桌四周挤满了人,大家都被这巨大的赌注惊呆了,连大气都不敢喘一口,眼睛都不敢眨一眨,直盯着飞旋的转盘,等待着结果。只见那转盘越来越慢,越来越慢,终于停了下来,赌场里顿时一片喧哗:"啊,红色……"

这时,赌桌下忽然响起了恐怖的笑声,那是幸运人头,它被捏在杰克斯的手里,杰克斯的手垂在赌桌下边,它从人们的喧哗声中知道了杰克斯的可悲下场,得意地狂笑道:"哈哈,我不是什么幸运人头,我是厄运人头啊!"

谁知笑声刚落,赌局的裁判高叫起来:"啊,这位客人赢了,他押的是红色!"在一片欢呼声中,杰克斯提了两个大皮箱,皮箱里装着整整两百万现钞,潇洒地走进了洗手间。

厄运人头恼恨地问:"你为什么不按我说的押注?"

杰克斯轻松地一笑:"很抱歉,二十年前,我父亲皮尔斯·卡恩就是因为听了你们的话,输光了钱后才自杀的,我看了他留给我的遗书,那遗书上就记着你们厄运人头的事。我常进赌场,就是为了寻找你这样的厄运人头,为你这种害人的东西安排一个完美的结局!"说完,杰克斯"咚"的一声将头像扔进了抽水马桶里……"等一等,年轻人……"还没等厄运人头把话说完,杰克斯已拉动水箱,"哗"地将它冲得无影无踪了……

这时,墙上的钟已经是四时五十分了!艾丽丝那边,正是千钧一发呢!那个罗姆一边奸笑,一边开始对艾丽丝动手动脚,艾丽丝吓得惊叫起来。罗姆轻薄地笑着说:"依我看呀,男人有了钱就变坏,他不会回来了……"说完,便向艾丽丝扑了过去……

突然,门"砰"地被踢开了,杰克斯冲了进来:"你干吗,瞧,不是还有一分钟吗?"

罗姆松开了艾丽丝,吃惊地瞪着杰克斯:"啊,你回来了……钱呢?"

杰克斯一笑,打了个响指:"我带回了两个皮箱。"罗姆把皮箱打开,是整整两百万的现钞,罗姆傻眼了……

艾丽丝哭着扑进了杰克斯的怀里,两人亲密地相拥在一起。一会儿,杰克斯提着一个钱箱,拉着艾丽丝的手,离开了罗姆的家。他们要离开这个城市,到很远很远的地方去过幸福的日子……

(周亭亭 编写)